LE BUS DE L'HORREUR

© Illustration de couverture : Ien van Laanen, 2016.
Ouvrage initialement publié par Leopold, Amsterdam, Pays-Bas,
sous le titre *De Griezelbus, 1*.

18, rue Barbès, 92128 Montrouge

ISBN : 979-1-0363-0589-4
Dépôt légal : octobre 2019

Imprimé en Espagne par Novoprint (Barcelone)

Paul van Loon

LE BUS DE L'HORREUR

La sortie infernale

Traduit du néerlandais
par Yvonne Pétrequin

bayard jeunesse

1

– En voiture, tout le monde ! Le bus de l'horreur va bientôt partir !

Posté près de l'autocar garé devant le collège, le professeur, M. Maurice, frappe dans ses mains. Le bus est recouvert de dessins de fantômes, squelettes et autres figures étranges. Sur le côté est écrit en lettres majuscules : LE BUS DE L'HORREUR.

Les élèves se dirigent d'un pas hésitant vers le véhicule. Devant l'établissement scolaire, les parents disent au revoir à leurs enfants. Il est six heures du soir et la nuit tombe.

– Il faut qu'ils soient de retour à dix heures ! crie le père de Joris et Pierre.

M. Maurice lui fait un signe rassurant.

– Ne vous inquiétez pas. À dix heures, nous serons là.

Alex et Michel ouvrent la marche. Annabel et la petite Lise, munie de son éternel sac à main, sont à la traîne.

Tous rigolent d'un air pas très rassuré. Ils s'apprêtent à faire une sortie très particulière, organisée à l'occasion de la Semaine du livre. Un tour dans le bus de l'horreur ! Sous l'œil vigilant de leur professeur, toute la classe de sixième du collège La Tulipe y participe.

Le bus de l'horreur est un projet d'Onnoval, un écrivain très connu. Il a réussi à dénicher un vieil autobus pour sillonner le pays. Le véhicule est tout rouillé et cabossé, mais en parfait état de marche. Plusieurs collèges, parmi lesquels celui de La Tulipe, ont reçu une invitation pour une soirée à bord du bus de l'horreur.

Alex monte en premier. Curieux, il regarde autour de lui. Il ne distingue pas grand-chose, car il fait sombre. Les fenêtres sont occultées par des rideaux. La tête de Michel surgit à côté de lui.

– Qu'est-ce qui se passe ici ? chuchote Alex. Je ne vois rien du tout.

Lentement, de petites lumières apparaissent au-dessus des vitres à l'avant du bus, indiquant les places assises. L'arrière du véhicule est fermé par un drap noir.

– Allez, avancez, lance M. Maurice de l'extérieur.

Alex hésite. L'éclairage est si faible qu'il a toujours du mal à se repérer. L'homme assis au volant est très maigre. Il porte une casquette et des gants blancs. Son visage tourné vers la fenêtre reste dans l'ombre.

Quel drôle de bonhomme ! se dit Alex. *On dirait qu'il dort.*

Par-dessus son épaule, il regarde son professeur, mais celui-ci est trop occupé à faire monter tout le monde.

– Arrête de faire le trouillard, Alex, dit Michel en le dépassant avant de s'avancer dans l'allée centrale.

Michel s'affale sur un siège et Alex s'assoit vite à côté de lui. Il se rend compte que les fauteuils ont été retournés : dos au chauffeur et dirigés vers le rideau au fond du bus.

Les autres élèves entrent aussi et cherchent une place. Tous jettent un coup d'œil autour d'eux, l'air plus ou moins mal à l'aise. Que va-t-il se passer maintenant ? M. Maurice arrive en dernier. Il salue le chauffeur en disant :

– Bonsoir.

Mais le chauffeur ne bouge pas. Sous sa grande casquette, son visage reste dans l'ombre.

– Eh bien, les enfants, tout le monde est là ? demande M. Maurice.

– Beurk, c'est dégoûtant ici, s'écrie soudain Juliette en montrant le plafond couvert de toiles d'araignée.

– Aaaaah, une chauve-souris ! hurle Joris en agitant les mains.

– Ici aussi ! s'exclame Rudy.

– Près de moi, aussi ! crie Emmanuel.

– Monsieur ! C'est truffé de chauves-souris !

Michel se penche sur le dossier du siège de Joris et attrape la bestiole qui volette au-dessus de sa tête.

– On dirait une vraie, mais c'est du plastique, annonce-t-il. Regardez, elle est suspendue à un élastique accroché au plafond.

Il lâche la chauve-souris, qui reprend aussitôt sa danse au-dessus de la tête de son camarade.

Soudain, un rire tonitruant résonne dans le bus.

– Bienvenue dans le bus de l'horreur.

Tous, y compris M. Maurice, lancent un regard apeuré en direction du rideau, car la voix vient de là. Seule Lise ne bouge pas. Elle est assise à l'autre bout, près du chauffeur, les mains croisées sur son sac posé sur ses genoux.

Le rideau s'ouvre en couinant, dévoilant un homme en costume noir. Des dizaines de petits os sont accrochés à son manteau. Autour de son cou pend un collier avec des canines et des molaires. Il a un livre sous le bras. Un anneau en or brille à son oreille gauche. Sa silhouette se détache à peine dans l'obscurité.

– Bienvenue dans le bus de l'horreur, répète-t-il en affichant un large sourire. Je m'appelle Onnoval et je suis votre guide, si on peut me définir ainsi. Nous allons faire une sortie que vous n'êtes pas près d'oublier !

Ses yeux étincelants dévisagent les élèves.

– On dirait un magicien, remarque Michel.

– Ou un dentiste à la retraite, dit Alex, qui fronce les sourcils en examinant la parure de dents.

Sont-elles vraies ? se demande-t-il. *Et d'où sortent tous ces petits os ?*

– Quel type répugnant ! chuchote Annabel, qui regrette déjà d'être venue.

Mais, à l'occasion de la Semaine du livre, le collège organise toujours un évènement amusant. Comme toute la classe y participe, Annabel pouvait difficilement s'y soustraire.

– Je déteste avoir peur, marmonne-t-elle à Lise, assise à côté d'elle.

– Moi aussi, murmure sa camarade sans la regarder. Je viens uniquement pour ne pas passer la soirée toute seule à la maison. Mes parents ne sont jamais là, ajoute-t-elle en triturant son sac à main.

Annabel observe Lise du coin de l'œil. Celle-ci fait un peu pitié. Elle ne parle jamais en classe et personne ne lui prête attention. Elle est si effacée qu'elle semble parfois invisible.

Onnoval rit de bon cœur. Sa voix est douce et agréable.

– J'espère que je ne vous ai pas trop effrayés. J'accueille toujours mes invités de cette manière. Cela permet à chacun de se mettre dans l'ambiance. Puisqu'il s'agit ce soir d'histoires d'épouvante, n'est-ce pas ?

Il avance lentement en boitillant. Les os attachés avec des ficelles à son manteau s'entrechoquent à chaque pas.

– Regarde-le, il marche à cloche-pied. Il a peut-être une jambe de bois ! susurre Alex.

– C'est sûrement du bidon, comme ces chauves-souris et ces os, rétorque Michel. Juste un truc pour faire l'intéressant.

L'écrivain passe à côté de Michel en lui lançant un regard furtif. Un sourire glisse sur son visage. A-t-il entendu la réflexion de Michel ?

– Comme vous avez pu le remarquer, le bus a été décoré avec des objets à vous donner la chair de poule. Mais ne vous y trompez pas. Une vraie araignée pourrait bien se balader ici ou là !

Il adresse un clin d'œil à Annabel qui inspecte le plafond d'un air suspicieux.

M. Maurice s'avance en tendant la main.

– Bonjour, monsieur Onnoval. Je dois dire que le début est prometteur. J'ai l'impression que la plupart des élèves frissonnent déjà. Le voyage peut commencer !

L'auteur acquiesce de la tête en lissant en arrière ses cheveux noirs brillants. Sous un haut front, il arbore d'épais sourcils hirsutes.

– Bien, bien. Laissez-moi d'abord vous présenter l'homme qui sera votre chauffeur ce soir. Il s'appelle Tados. Tados, voudrais-tu montrer ton visage et saluer nos invités ?

Tout le monde se retourne pour voir le chauffeur, qui bouge enfin. Il se dresse face à l'assemblée et relève un instant sa casquette. Au même moment, un spot éclaire son visage : une tête de mort avec deux grands trous noirs à la place des yeux.

Les élèves hurlent d'effroi. Sauf Lise, qui n'a pas bougé de son siège et n'a donc pas vu ce qui se passait dans son dos.

Michel a été surpris aussi, mais il se reprend vite.

– Un masque, dit-il nonchalamment. Tu en trouves dans n'importe quel magasin de farces et attrapes. Moi-même, j'en ai porté un pour le carnaval.

Bien sûr, Michel a raison. À présent, tout le monde découvre le pot aux roses ! Alex regarde Michel et pouffe de soulagement. Ils sont pourtant tous tombés dans le panneau.

Onnoval sourit de nouveau et hausse les épaules.

– C'était une petite blague. Elle marche à tous les coups. C'est pour ça que je n'arrive pas à me décider à l'enlever de mon programme.

– J'en étais sûr, affirme M. Maurice.

– Mais alors pourquoi vous avez la voix qui tremble ? demande Jacob.

Sa question déclenche une forte hilarité. Le professeur a eu autant la frousse que ses élèves.

Amusé, l'auteur observe les visages de ses invités.

– Vous pouvez démarrer, dit-il au chauffeur, qui se cache toujours derrière son masque.

Tados tourne la clé de contact, et le bus se met à vrombir.

L'écrivain retourne vite vers le rideau. Il tire sur une corde et, soudain, plusieurs spots éclairent la moitié arrière de l'autocar. Les places assises ont été remplacées par une longue table recouverte d'une dizaine d'objets.

– C'est quoi, tout ça ? s'exclame Michel. Un marché aux puces ?

On y trouve pêle-mêle : un tableau, une grosse boîte de jeu, un morceau de bois peint, un babyphone, un gâteau avec douze bougies, un pot d'herbe à chat, une botte maculée de boue et une grosse corde avec un nœud coulant. À côté trône un grand fauteuil en cuir.

L'auteur se dirige vers la table et y pose la main.

– Je vous entends penser : *Hein ? C'est quoi, tout ce bric-à-brac ?* Non, ce n'est pas pour un marché aux puces, dit-il en faisant un clin d'œil à Michel. Je vais vous expliquer. Chacun de ces dix objets a une histoire à raconter. Le siège aussi, mais il est trop imposant pour que je le mette sur la table. Tous ces récits sont dans mon nouveau livre, un recueil de nouvelles qui font froid dans le dos. Le livre s'appelle *Le bus de l'horreur*, comme cet autocar. Pendant le trajet, je vous raconterai ces histoires.

Michel, qui a bien examiné les objets, lève aussitôt le doigt.

– Monsieur Onnoval. Vous dites dix, mais je n'en compte que neuf, fauteuil compris.

– Bien vu, mon garçon, j'avais déjà remarqué que tu étais futé. Tu ne te laisses pas facilement berner.

Si Michel était une lampe, il brillerait à présent de mille feux, tant il est fier.

– J'ai pourtant bien dix histoires, continue l'auteur. Mais pour la dernière il n'y a pas d'objet, car elle parle de moi. Il s'agit d'un évènement que j'ai vécu quand j'avais à peu près votre âge.

– À mon avis, il invente n'importe quoi pour justifier qu'il lui manque un truc, chuchote Michel à Alex.

Onnoval balaie l'assistance du regard.

– D'autres questions ? Non ? Alors, moi, j'ai une requête à formuler. Monsieur le professeur, voudriez-vous venir vous installer dans ce magnifique fauteuil ? C'est un siège très confortable que je réserve toujours à quelqu'un de spécial.

– Quel honneur ! s'exclame M. Maurice avant de s'exécuter. Il est parfait, marmonne-t-il. Je crois que je ne vais plus le quitter jusqu'à l'arrivée.

L'auteur sourit.

– C'est ce qu'on verra !

Surpris, M. Maurice lève les yeux sur Onnoval. Qu'insinue-t-il par cette remarque ? Mais l'écrivain a déjà saisi la corde et ouvre son livre.

– Ceci est un nœud coulant, commence-t-il. Il y a très longtemps, on pendait les criminels avec ce genre de corde. D'ailleurs, dans certains pays, cette pratique a toujours cours. La première histoire que je vais vous raconter parle de ce nœud coulant. Allez, en route, Tados !

Le bus de l'horreur démarre.

Lorsque l'auteur commence à lire, un profond silence s'installe.

La corde au cou

Le père de Max est rentré chez lui avec un paquet mince et carré sous le bras.

– Regardez ce que je viens de dénicher !

Curieux, Max et sa mère fixent le papier d'emballage marron.

Son père coupe la ficelle avec son couteau de poche avant de déchirer le papier. En souriant, il dévoile le tableau caché dessous.

– Alors ? Qu'en pensez-vous ?

Max et sa mère écarquillent les yeux. Ils savent qu'il adore l'art, et ce n'est pas la première fois qu'il rapporte un tableau à la maison, mais celui-ci est vraiment bizarre.

– Affreux ! s'écrie maman. Comment as-tu pu acheter une horreur pareille !

Le tableau représente une scène étrange. Dans un champ désertique se dresse une potence en bois, au-dessus de laquelle quelques oiseaux noirs volent dans un ciel gris. Un homme aux yeux globuleux se balance au bout d'une corde. Il a l'air d'une brute. Son visage est entièrement couvert de poils. À quelques mètres de là se tient un garçon aux cheveux blonds, qui lève un regard moqueur vers le pendu.

– Affreux ! répète maman. Je ne le veux pas dans mon salon. Cela nous donnerait des cauchemars.

– Mais, ma chérie, c'est un chef-d'œuvre, dit papa sur un ton de reproche. Regarde cette précision. Et derrière ce tableau se cache une histoire vraie. L'homme que tu vois suspendu là est un assassin qui a vécu autour des années mille six cent. Ce gars se transformait la nuit en un monstre assoiffé de sang, parce qu'il avait vendu son âme au diable. Le garçon à gauche sur le tableau, c'est son fils. C'est lui qui a finalement dénoncé son père à la police. Et c'est pour ça que celui-ci a été pendu.

Avec ses doigts, papa enlève un peu de poussière nichée dans les coins du tableau.

– Il est vraiment très bien réalisé. Si tu regardes avec attention, tu peux remarquer que le gamin ressemble un peu à Max. C'est ce qui m'a plu.

– C'est ce qui t'a plu ? s'indigne maman. Il ne ressemble pas du tout à Max. Parfois, tu as vraiment de drôles d'idées, Simon.

Mais Max doit bien admettre que son père a raison. En effet, le garçon du tableau lui ressemble un peu. Les mêmes cheveux blonds et des taches de rousseur autour du nez, comme lui.

– Quoi qu'il en soit, ce tableau était si bon marché que je ne pouvais pas ne pas l'acheter, se justifie papa. Je l'ai trouvé chez un brocanteur du marché. On aurait dit qu'il voulait s'en débarrasser coûte que coûte, car je ne l'ai payé que le tiers du prix affiché.

– Étrange, dit maman. Pourquoi cet homme le brade-t-il si c'est une œuvre aussi exceptionnelle ?

Papa hausse les épaules.

– Il prétend qu'une malédiction pèse sur ce tableau. Une superstition absurde. L'affaire cache sans doute quelque chose de louche. La toile a peut-être été volée à un type fortuné et c'est pour ça que le vendeur était pressé de s'en séparer.

Max ne peut pas s'empêcher de regarder le tableau, qui lui fait un drôle d'effet. Comme si les yeux globuleux du pendu le fixaient et l'emprisonnaient en lui lançant un regard féroce. Max a l'impression que tout devient flou autour de lui. Il n'y a plus que ces gros yeux insistants. Soudain, il sent un coup de vent et il croit percevoir des cris stridents de corbeaux.

– Peu importe, dit maman, dont la voix lui parvient de loin. En tout cas, ce truc n'entrera pas dans le salon. Que vont penser nos amis s'ils découvrent un machin pareil au-dessus du canapé ? Accroche-le dans un recoin du palier, de façon qu'on ne le remarque pas. Et j'espère pour toi qu'il n'a pas été volé ! Sinon tu serais coupable de recel, et la police pourrait venir sonner à la porte un jour ou l'autre.

Papa grommelle quelques mots avant d'accepter la décision de maman. Il saisit le tableau et monte l'escalier. L'étrange malaise de Max disparaît et les contours de la pièce redeviennent nets.

Il faut que je mange quelque chose. Je me sens sans doute un peu faible parce que je n'ai encore rien avalé de la journée. Il se dirige vers la cuisine et se prépare un sandwich au beurre de cacahuètes.

Cela fait plusieurs jours que le tableau est accroché au fond du couloir, où l'on ne le voit presque pas. Max s'est rendu compte que, pour une raison ou une autre, il n'ose pas le regarder. Quand il arrive à l'étage, il se hâte vers sa chambre, la tête baissée. Les yeux globuleux du pendu l'effraient.

C'est débile ! se dit-il. *Pourquoi aurais-je peur d'un tableau ?*

Pourtant, chaque fois qu'il passe à côté, l'angoisse le gagne. La nuit, il a souvent d'étranges rêves peuplés de gros oiseaux noirs qui traversent sa chambre en croassant.

Un jour, Max interpelle son père :

– Papa, je déteste ce tableau. J'en fais même des cauchemars. C'est horrible !

Son père lui jette un regard assassin.

– Tu t'y mets aussi ? Qu'est-ce que vous avez, tous les deux ? Alors, je n'ai même plus le droit d'accrocher un joli tableau dans ma propre maison ? Il reste où il est ! Ça suffit ! Je ne veux plus en entendre parler.

Max est surpris de la réaction virulente de son père. D'habitude, il ne se met pas en colère contre lui. Papa n'est plus le même depuis qu'il a acheté cette toile. Autre changement : il semble vouloir laisser pousser sa barbe. Cela fait deux jours qu'il ne s'est pas rasé : ses joues et son menton sont couverts de poils !

Cette nuit-là, Max rêve à nouveau d'oiseaux noirs. Leurs croassements sont si forts qu'il a l'impression qu'ils volent réellement dans sa chambre. Il se réveille en sursaut et se redresse d'un bond.

Le silence règne dans la pièce. Pourtant, un instant, il croit entendre des cris rauques, comme un écho lointain. Il éponge la sueur de son front et a envie d'aller aux toilettes.

À moitié somnolent, il sort en titubant, traverse le palier et entre dans la salle de bains. Il fait pipi dans la cuvette des toilettes avant de retourner dans sa chambre. Arrivé sur le palier, il s'arrête.

Tout est sombre, mais une lueur étrange semble venir de quelque part. Avec difficulté, il réussit à ouvrir les yeux entièrement pour regarder d'où elle vient.

Il se retient pour ne pas hurler. La lumière provient du tableau, plus précisément du visage du pendu. Ses yeux, tels deux points incandescents sortant de la pénombre, fixent Max d'un regard chargé de haine.

Max se précipite dans sa chambre, claque la porte et se réfugie sous ses couvertures. Il reste ainsi aux aguets en retenant sa respiration, et le cœur battant la chamade.

Après ce qui lui semble une éternité, il s'apaise enfin. Ce qu'il a vu paraît si irréel, qu'il pense l'avoir rêvé. La tête débordant de pensées perturbantes, il finit par s'endormir.

Le lendemain matin, en allant dans la salle de bains, il jette un rapide coup d'œil au tableau, qui n'a pas l'air d'avoir changé. Les yeux du meurtrier ne brillent pas, bien évidemment.

Tout cela n'était que le fruit de mon imagination, pense Max. Sans doute a-t-il rêvé aussi qu'il était allé aux toilettes. Il n'a probablement même pas quitté son lit de la nuit. Il chasse l'incident de sa tête et descend l'escalier pour aller prendre son petit-déjeuner.

– Chut ! Ne fais pas tant de bruit ! dit sa mère lorsqu'il claque la porte du meuble de cuisine.

– Que se passe-t-il ? demande Max, surpris.

– Papa dort encore. Il est malade et il a de la fièvre. Il est brûlant.

– Il a mauvaise mine ces temps-ci, remarque Max.

Il mord dans sa tartine au chocolat et, la bouche pleine, il ajoute :

– À mon avis, c'est à cause de ce tableau. Ça l'énerve tellement qu'on le trouve affreux, qu'il ne peut plus penser à autre chose. Il ne se rase même plus.

– Ne raconte pas de bêtises. Il a juste une petite grippe. Et puis j'aime bien qu'il laisse pousser sa barbe. Ça change un peu !

– Eh bien, moi je trouve ça bizarre. Pas rasé, il a l'air d'un fou, comme le type sur le tableau.

Maman le regarde d'un drôle d'air.

– Que veux-tu dire par là ?

Max hausse les épaules.

– Je ne sais pas trop. Peut-être que papa a vraiment peur que le tableau ait été volé et qu'un jour la police le découvre.

Max prend son cartable, embrasse sa mère et sort par la porte de derrière.

– À tout à l'heure, maman.

Distraite, elle lance :

– Sois prudent !

Et, d'un air songeur, elle le regarde s'éloigner.

Lorsque Max rentre de l'école, son père est toujours au lit, enfoui sous les couvertures.

À cause de sa barbe noire, son visage fiévreux semble pâle et creusé. Par la porte entrouverte, Max le regarde dormir et l'entend émettre des bruits inquiétants.

– Laisse-le se reposer, dit maman. Demain, la fièvre aura baissé. Tu verras qu'il ira beaucoup mieux.

– J'espère, marmonne Max.

À l'école, la journée a été fatigante. Il y a eu beaucoup d'interrogations écrites. Max monte se coucher tôt. Il ne pense même plus au tableau. En bâillant, il jette ses vêtements sur une chaise et se met au lit. Il s'endort aussitôt.

Des croassements rauques. Des oiseaux noirs aux yeux jaunes. Un sentiment inexplicable de malheur imminent. Dans l'obscurité de sa chambre, Max se tourne et se retourne sous ses couvertures. Les volatiles passent en rase-mottes au-dessus de sa tête. Un nœud coulant vide se balance dans le vent. Quelque chose ne tourne pas rond. La potence est vide. Le pendu a disparu !

– Non, gémit Max en dormant. Le meurtrier est en liberté ! Il s'est évadé !

Il secoue la tête de gauche à droite. Des pas. Des cris d'oiseaux résonnent dans ses oreilles. Un coup sur la porte. Suivi d'un autre.

– Laissez-moi tranquille, supplie Max. Vous êtes mort !

Un coup effroyable. La porte s'ouvre en grand. Max écarquille les yeux.

À côté de son lit, dans la pénombre, se tient une silhouette fantomatique. Grognant et respirant bruyamment. Comme si elle était sortie tout droit du rêve de Max.

Deux mains solides saisissent Max à la gorge et le tirent hors du lit.

– Traître, gronde le fantôme. Toi ! Mon propre fils ! Tu auras la corde au cou. Tu seras pendu !

Max hurle et se débat pour chasser le cauchemar. Il sent un visage poilu. En vociférant, la créature traîne Max hors de la chambre, en direction du palier.

– Tu seras pendu ! Tu as trahi ton propre sang !

Max a beau s'agiter dans tous les sens, les mains de fer ne le lâchent pas.

– La potence est pour toi ! crie la brute.

Il fait nuit noire, et Max ne distingue pas les traits de son adversaire. L'étreinte se resserre, et Max n'arrive presque plus à respirer. Il émet un bruit étouffé et commence à perdre connaissance.

Soudain, une porte s'ouvre bruyamment, inondant le palier de lumière. À moitié inconscient, Max entrevoit sa mère en chemise de nuit. Un instant, elle semble figée, comme sur une photo prise à contre-jour. Puis elle bondit en avant, arrache le tableau du mur et le fracasse sur la tête du fantôme qui essaie d'étrangler Max. La toile se déchire, le cadre se brise et au même moment la pression autour de la gorge de Max se relâche.

Max crachote et s'éloigne en roulant loin de son agresseur, qui s'écroule, emprisonné dans le cadre cassé. Maman appuie sur l'interrupteur, et l'obscurité se dissipe aussitôt.

Étendu par terre, Max se frotte le cou des deux mains. Stupéfait, il regarde le fantôme assis au beau milieu du couloir.

Son père !

Sa tête et ses épaules dépassent de la toile déchirée. Il regarde devant lui, les yeux dans le vague, comme s'il se réveillait d'une anesthésie. L'air hébété.

– Qu'est-ce que je fais ici ? marmonne-t-il.

– Je t'avais pourtant bien prévenu que ce tableau était affreux, dit maman. Pourquoi ne m'as-tu pas écoutée ?

Tous les trois sont assis, en robe de chambre, dans la cuisine. Des visages blêmes au-dessus de bols fumants remplis de chocolat chaud. Max frissonne encore un peu, mais il a surmonté le plus gros du choc. Son père regarde les traces rouges sur le cou de Max avec un air coupable. Ils ont dû lui expliquer ce qui s'était passé, car il ne se souvenait de rien.

– Je ne sais pas non plus ce qui m'a pris. Je n'étais plus moi-même ces derniers jours. Comme si quelque chose d'étrange s'était glissé dans mon esprit. Une voix me soufflait que mon fils m'avait trahi et que je devais le tuer. À partir de là, c'est le trou noir. Aucun souvenir.

Il pousse un grand soupir.

– Je suis désolé de ne pas vous avoir écoutés. Vous aviez raison, ce tableau est maudit.

– Bon, oublions ça, réplique maman. Maintenant il est au fond de la poubelle devant la maison. Demain, les éboueurs l'emporteront. Fini ! Terminé !

Papa passe la main sur le crâne de Max.

– Que dirais-tu d'une nouvelle bicyclette, mon garçon ? Il me semble que tu l'as bien méritée après tous les malheurs que j'ai causés.

– Oh oui ! Un nouveau vélo ! s'écrie Max en se jetant dans les bras de son père.

– Regarde ce que je viens de trouver, Kobus ! s'exclame l'un des éboueurs le lendemain matin en sortant le tableau de la poubelle. Il est dans un triste état, mais quel dommage de jeter ça ! Un vrai tableau !

Il observe la toile déchirée avec attention.

– Tu sais ce que je vais faire ? dit-il à son collègue. Je vais l'apporter à mon frère. Il est restaurateur et je suis sûr qu'il pourra le réparer. Il sera comme neuf ! Puis je l'accrocherai chez moi au-dessus de la cheminée.

Il l'observe de nouveau en souriant.

– C'est marrant, ce petit blondinet ressemble un peu à mon fils. Sa mère va être contente !

2

Onnoval lève les yeux de son livre et repose la corde sur la table. On n'entend plus un bruit, hormis le vrombissement du bus.

Puis tous les élèves commencent à chuchoter.

– C'est horrible, dit Alex. Il a failli être tué par son propre père ! À sa place, je ne dormirais plus jamais tranquille.

– C'est juste une histoire, réplique Michel. Je suis sûr que ce n'est pas réellement arrivé. D'ailleurs, je ne comprends pas qu'ils n'aient pas brûlé ce tableau tout de suite.

Annabel frissonne.

– Brrr, je trouve ça terrifiant. Je n'aime pas. Je voudrais que le voyage soit déjà terminé. Pas toi, Lise ?

Lise rejette ses longs cheveux en arrière.

– Non, c'est sympa de faire un tour en bus. Tu n'as qu'à te boucher les oreilles si tu ne veux pas écouter.

– Oui, mais alors je ne saurai jamais ce que cachent les autres objets et je m'imaginerai les pires trucs, rétorque Annabel.

Lise hausse les épaules.

– À toi de voir.

L'écrivain écoute attentivement les différentes remarques.

– Quelqu'un vient de dire que ces faits n'ont jamais eu lieu.

Il regarde Michel d'un air pensif.

– Comment peux-tu en être si sûr ? Le tableau existe réellement ! Il est chez moi, accroché au mur.

– Waouh ! s'exclame Annabel.

– Pourquoi ne l'avez-vous pas apporté ? demande M. Maurice. On aurait bien voulu le voir.

– Cela aurait été trop risqué. Imaginez que la malédiction qui pèse sur ce tableau se reporte sur l'un d'entre vous. Sur vous, par exemple, monsieur Maurice. Vous seriez devenu un tueur en série. Aucun de vos élèves ne serait rentré sain et sauf ce soir. Réfléchissez-y !

– Au secours, notre prof est un dangereux maniaque ! crie Pierre, et tous éclatent de rire.

– Ça suffit, grommelle M. Maurice, le visage écarlate.

– Allons, il ne ferait pas de mal à une mouche, affirme Juliette. On dirait un gros bébé.

Secrètement amoureuse de son professeur, Juliette prend toujours sa défense.

– Un gros bébé ! s'esclaffe Jacob.

Soudain, il imagine le professeur en bébé dans son parc, avec une couche. Il a le fou rire.

– Jacob, arrête ! intervient M. Maurice. M. Onnoval aimerait continuer la lecture.

– Excusez-moi, dit Jacob en mettant la main devant sa bouche pour contenir son hilarité.

Emmanuel lève le doigt.

– Et vous ? N'avez-vous pas peur de cette malédiction, monsieur Onnoval ?

L'auteur sourit.

– Il ne peut rien m'arriver. J'habite tout seul. Je n'ai pas d'enfants à tuer.

– Quelle drôle de réponse ! marmonne Alex.

Mais Onnoval retourne déjà vers la table et choisit un nouvel objet.

– En parlant de bébé… Cet objet cache une histoire très intéressante. L'objet semble tout à fait ordinaire. Qu'y a-t-il de plus banal qu'un babyphone ? Il ne produit que de gentils gazouillis. Quoique…

Il s'assoit sur la table et feuillette le livre.

– Ah, la voici. L'histoire du babyphone.

Le bus de l'horreur poursuit son chemin dans la nuit. Au volant, Tados reste silencieux. Tous les passagers ont les yeux rivés sur l'écrivain. Sauf Lise, qui regarde droit devant elle, l'air absent.

Le babyphone

Par une soirée glaciale d'hiver, la sonnette de l'entrée résonne de façon stridente et insistante. Mme Van Toen s'y précipite. Par un temps pareil, on ne fait pas attendre longtemps quelqu'un dehors.

Dès qu'elle ouvre la porte, des flocons de neige pénètrent dans la maison en virevoltant. Une personne engoncée dans un gros manteau, un bonnet de fourrure enfoncé jusqu'aux oreilles et une grosse écharpe en laine autour du cou, se tient devant elle. Mme Van Toen ne peut voir que les yeux du visiteur.

– Bonsoir, madame, dit-il.

À travers l'écharpe, son haleine chaude envoie de petits nuages dans l'air glacial.

– Je suis votre nouveau voisin. Nous avons emménagé aujourd'hui. Ma femme et moi voudrions vous demander un service, bien que nous sachions que c'est un peu impoli, car vous ne nous connaissez pas encore.

Mme Van Toen découvre alors une silhouette plus petite, mais également bien emmitouflée, cachée derrière l'homme. La dame lui adresse un sourire. *Sans doute la nouvelle voisine*, se dit Mme Van Toen.

– Bien sûr, entrez donc. On pourra faire plus ample connaissance, propose-t-elle chaleureusement.

Le voisin secoue la tête et dit d'une voix hésitante :

– C'est très aimable à vous, mais voyez-vous, nous sommes très pressés. Nous devons partir maintenant. Le problème, c'est que nous n'avons pas de baby-sitter pour notre bébé.

Sous le bonnet de fourrure, un regard implorant fixe Mme Van Toen.

– Pourrions-nous vous laisser le babyphone, juste pour cette fois ? Comme ça, vous pourrez surveiller notre bébé de près, ou plutôt de loin, si vous voyez ce que je veux dire.

Le voisin rit en hoquetant bizarrement. De sa poche, il sort un boîtier carré avec un haut-parleur intégré.

– Vous n'avez qu'à poser ça quelque part et écouter de temps en temps si le bébé dort tranquillement. Et, si quelque chose ne va pas, vous pouvez nous appeler à ce numéro.

Il extirpe un petit papier de la poche de son manteau. Sans hésiter, Mme Van Toen prend la feuille et le babyphone, car elle a un cœur d'or.

– Bien sûr que nous sommes d'accord pour garder votre bébé. Ne vous faites pas de souci.

Les nouveaux voisins remercient Mme Van Toen chaleureusement. Après avoir expliqué le fonctionnement de l'appareil, ils repartent aussitôt sous la tempête de neige. Mme Van Toen leur fait gentiment un signe. Elle tient dans la main la clé qu'ils lui ont confiée, au cas où elle en aurait besoin.

Mme Van Toen pose l'appareil sur une étagère de la bibliothèque, puis se remet à ses travaux de couture. Allongé sur le canapé, M. Van Toen jette de temps à autre un œil sur la télévision : le présentateur météo annonce davantage de neige. Il s'endort doucement.

Au bout d'un moment, Mme Van Toen se lève et se dirige vers le babyphone pour s'assurer que le bébé va bien. Attendrie, elle écoute le bruit régulier de la respiration qui sort du haut-parleur. Le bébé semble dormir paisiblement.

Mais, soudain, un grognement résonne.

Mme Van Toen sursaute, fait un bond en arrière et manque de trébucher sur son repose-pied. A-t-elle bien entendu ?

Avec précaution, elle approche sa tête du babyphone et tend l'oreille de nouveau… Eh oui ! Encore le même bruit ! Une sorte de grognement sourd, comme un raclement de gorge.

– Réveille-toi, mon chéri ! crie Mme Van Toen en secouant fébrilement son mari en train de rêver de vacances au soleil. Quelque chose ne tourne pas rond chez les voisins, chuchote-t-elle. Viens voir ! On dirait une bête.

– Qu'est-ce que tu racontes ? bougonne M. Van Toen.

Il se relève avec difficulté du canapé, se dirige vers l'appareil et écoute un instant.

– Tu vois, on n'entend rien, ma chérie. Tu as sans doute…

Au même moment, un hurlement retentit, suivi d'un raclement contre le mur. M. Van Toen pâlit et recule, comme s'il avait peur que le babyphone lui saute à la gorge.

– Et voilà, dit Mme Van Toen d'un air triomphant. J'avais raison.

– Peu… peut-être que les voisins ont un gros chien, bégaie M. Van Toen.

En retrouvant un peu de son assurance, il ajoute :

– Oui, ça doit être ça. Ils en ont probablement un, et il est entré dans la chambre du bébé.

À présent, le boîtier émet des grognements, des reniflements et des frottements réguliers. Mme Van Toen trouve que cela ne ressemble pas du tout aux bruits que pourrait faire un chien. De plus, le voisin n'a pas précisé qu'il en possédait un.

– Harry, on doit faire quelque chose, annonce-t-elle avec fermeté. Il s'agit peut-être d'un chat qui s'est introduit dans la maison par une fenêtre. Imagine qu'il attaque le bébé ! Tu ne voudrais pas avoir ça sur la conscience, Harry ! Nous leur avons promis de veiller sur lui, pas vrai ?

Du babyphone sortent des couinements, des rugissements et un tintamarre d'objets renversés.

– Ça suffit, maintenant ! Il faut agir ! affirme Mme Van Toen. Harry, je veux que tu ailles immédiatement voir ce qui se passe. Ce chat sauvage est en train de tout casser. Pour un peu, il finira par blesser le bébé !

L'appareil grogne de nouveau. De temps en temps, il émet même un rugissement. À la réflexion, M. Van Toen trouve que ce tapage ne correspond pas du tout à celui d'un chien ou d'un chat de gouttière, mais plutôt à celui d'un ours, d'un sanglier, ou pire encore.

– Allez, Harry. Tu te dépêches, oui ou non ? insiste Mme Van Toen.

– J'ai une meilleure idée, répond M. Van Toen. On appelle le numéro que les voisins nous ont donné. Ils n'ont qu'à venir.

– Arrête, Harry. On doit d'abord aller voir ce qui se passe. On ne peut tout de même pas déranger ces gens au moindre bruit. Cela les obligerait à rentrer en quatrième vitesse, complètement paniqués et en bravant la neige. Ce n'est pas bien, Harry !

Elle lance un regard réprobateur à son mari.

M. Van Toen pousse un grand soupir. Il trouve que les mugissements du babyphone sont un peu plus inquiétants qu'un simple bruit ! Mais il comprend qu'il ne peut pas se dérober.

À contrecœur, il met son manteau et ses chaussures.

– Où est leur clé ? marmonne-t-il.

Quelques instants plus tard, il se retrouve dehors. Tandis que les flocons de neige tourbillonnent sauvagement autour de lui, il tourne la clé dans la serrure de la porte des voisins. Le vent cinglant souffle en bourrasque, et ses chaussures sont rapidement recouvertes de neige fraîche.

M. Van Toen frissonne, ouvre la porte et pénètre vite dans la maison. De gros flocons entrent aussi. Il s'empresse de fermer la porte derrière lui. Le voilà à l'intérieur, plongé dans une obscurité totale. Son cœur bat à tout rompre dans sa poitrine, mais autour de lui tout est silencieux.

– Tu vois, ce n'est rien, grommelle-t-il. Il s'agit sans doute d'un simple dysfonctionnement du babyphone. Quelques bourdonnements et grésillements d'origine électrique. C'est tout.

À l'étage, quelque chose tombe avec fracas.

M. Van Toen se fige.

Un vacarme de grognements et de grincements résonne.

M. Van Toen a envie de faire volte-face, de partir en courant et de se sauver loin de cette maison. C'est alors qu'il pense au bébé. Ce pauvre petit être, allongé dans son lit à l'étage tandis qu'une bête féroce s'est peut-être introduite dans sa chambre.

Il prend son courage à deux mains. Dans le noir, il monte l'escalier à tâtons. Les marches grincent sous ses pieds. M. Van Toen jure intérieurement. Il continue à pas de loup. Doucement. Tout doucement. Enfin, le voilà en haut de l'escalier. Il essaie de percer l'obscurité du regard. Il voit un fin rai de lumière sous une porte.

C'est sûrement la chambre du bébé, se dit M. Van Toen. *Il doit y avoir une veilleuse.*

Au même instant, un effrayant grognement sourd se fait entendre derrière la porte. Puis le silence. Un silence de mort.

C'est maintenant ou jamais, pense M. Van Toen.

Dans la pénombre, il cherche la poignée de la porte, qu'il ouvre sans faire de bruit. Il passe la tête avec précaution pour regarder à l'intérieur de la pièce.

Il y a en effet une petite lampe qui éclaire faiblement la chambre. Juste assez pour révéler une forme sur le lit du bébé. Un être indéfinissable avec de grandes oreilles pointues, de longues canines et des griffes acérées. La créature grogne en suçotant et en mâchouillant un ours en peluche. Le long de ses canines coule un filet de bave qui brille dans la faible lueur de la lampe.

M. Van Toen a l'impression que son sang se fige dans ses veines. Aucune trace du bébé. Seul ce petit monstre, assis sur le lit, en train de manger un ours en peluche.

Oh, non ! pense M. Van Toen. *Ça veut dire qu'il a probablement déjà dévoré le bébé !*

Cette idée est si horrible qu'il tombe presque dans les pommes. Mais il se ressaisit et ferme la porte doucement. Heureusement, la créature n'a rien remarqué.

Le cœur battant, M. Van Toen descend l'escalier et sort de la maison en trébuchant dans le noir. Il rentre chez lui en courant, prend le téléphone et compose le numéro laissé par les voisins.

– Qu'y a-t-il, Harry ? demande Mme Van Toen. Tu es tout pâle !

M. Van Toen ne répond pas, car à l'autre bout du fil quelqu'un a décroché.

– Bonsoir, Harry Van Toen à l'appareil. Vous devez rentrer immédiatement parce que j'ai peur que votre bébé ait été mangé par un monstre, lance-t-il d'un trait.

Mme Van Toen s'évanouit.

Dix minutes plus tard, la sonnette de l'entrée retentit de nouveau. Toujours vêtu de ses gros habits d'hiver, le voisin se tient sur le pas de la porte.

– Je viens vous rassurer. Notre bébé dort paisiblement et il est en parfaite santé, dit-il d'un ton aimable.

M. Van Toen n'y comprend plus rien.

– Mais… comment est-ce possible ? bredouille-t-il. J'étais pourtant sûr que…

– Venez voir avec moi, dit le voisin, gentiment.

M. Van Toen le suit. Ils montent l'escalier vers la chambre du bébé, où ils retrouvent la voisine, qui, dans la précipitation, n'a pas eu le temps d'enlever ses gros habits d'hiver.

– Regardez, dit le voisin en enlevant son manteau.

À présent, il y a un peu plus de lumière dans la pièce.

– Vous voyez comme il dort bien, remarque la voisine en chuchotant.

M. Van Toen en est témoin. Le bébé est endormi sous sa couverture. Le pouce dans la bouche, entre deux canines proéminentes. Ses petites griffes enserrent un bout du drap et ses oreilles pointues frémissent dans son sommeil. De l'autre bras, il serre contre sa poitrine un ours en peluche à moitié dévoré.

– Ce petit amour a dû s'agiter en dormant, dit la voisine, attendrie. Il était certainement fâché qu'on le laisse tout seul, alors il a mangé la moitié de son ours. Et il a gratté la tapisserie au-dessus de son lit.

M. Van Toen reste bouche bée. Chancelant, il se retourne. Entre-temps, les voisins ont enlevé leurs manteaux. Tous deux adressent un large sourire à M. Van Toen, laissant ainsi apparaître leurs longues canines et leurs oreilles pointues qui s'agitent.

– Merci d'avoir gardé le bébé et à bientôt, lance le voisin en tendant sa main en forme de grosse griffe à M. Van Toen.

Celui-ci fait un bond en avant pour se faufiler entre eux. Il se met à hurler et descend l'escalier quatre à quatre avant d'aller se réfugier dans sa maison douillette.

Les voisins se regardent d'un air étonné.

– Drôle de personnage, ce M. Van Toen !

Puis ils se mettent à rire en hoquetant bizarrement. Dehors, la neige continue à tomber, comme si elle ne devait jamais s'arrêter.

3

Onnoval jette un coup d'œil par-dessus son livre et observe les élèves de sixième.

– Même les objets les plus anodins peuvent cacher quelque chose de terrifiant. La preuve ! À votre place, je me méfierais de mes voisins. On ne sait jamais ce qui se passe derrière leur porte.

Sur ses lèvres apparaît un léger sourire.

– Inutile de vous préciser que les Van Toen ne sont pas restés longtemps dans leur maison. Ils ont déménagé, et maintenant ce sont mes voisins. C'est M. Van Toen qui m'a raconté cette histoire.

Alex ne sait pas quoi penser.

– Ces monstres existent réellement ? demande-t-il.

– Bien sûr que non, répond Michel. Il ment. Les écrivains mentent toujours, mais ils font comme si tout était vrai pour nous faire peur.

Alex n'est pas complètement rassuré.

– On a de nouveaux voisins. Ils sont bizarres. Dans la journée, on ne les voit jamais et, le soir, on entend plein de bruits étranges. Des coups par terre, comme s'ils trimbalaient des caisses en bois.

– Et alors ? C'est normal, non ? rétorque Michel. Ils travaillent peut-être dans la journée et n'ont que le soir pour défaire leurs cartons. Ou alors ce sont des vampires ! s'exclame-t-il en ricanant.

Alex sourit aussi, mais le cœur n'y est pas. *Pourquoi est-ce que je suis si trouillard ?* se dit-il. *Si seulement j'étais comme Michel. Il n'a jamais peur de rien et a toujours une explication à tout.* Il soupire. *Les autres ont-ils aussi la frousse en écoutant ces histoires ? Probablement pas. Tout le monde semble adorer. Je suis sûrement le seul,* pense-t-il. *Je vais encore faire des cauchemars cette nuit !*

Il regarde l'auteur, qui se tient près du rideau, son livre sous le bras. *Son petit sourire en coin ne me plaît pas du tout*, se dit Alex.

Tout à coup, l'écrivain se tourne vers lui. Alex est parcouru d'un frisson inexplicable. Onnoval lui sourit gentiment. Aussitôt, Alex détourne la tête.

Au fond du bus, une élève éternue bruyamment. Quatre ou cinq fois d'affilée.

– Qu'est-ce qui se passe, Betty ? demande M. Maurice. J'espère que tu ne vas pas tomber malade !

Betty secoue la tête, éternue de nouveau et annonce, la gorge serrée :

– Je suis allergique aux poils de chat, monsieur. Et aussi à ceux des chiens.

Surpris, le professeur regarde autour de lui.

– Des poils de chat ? Mais il n'y a pas de chat ici ! Ou est-ce que je me trompe, monsieur Onnoval ?

L'écrivain fait non de la tête.

– Pas que je sache. Seule Klara, l'araignée-loup, se promène quelque part. Mais il n'y ni chat ni chien. D'ailleurs, je déteste les chiens.

– Une araignée-loup ? Où ça ? s'écrie Juliette, effrayée.

– Là ! Juste à côté de ta tête ! braille Pierre.

– Où ? Où ça ?

Horrifiée, Juliette se retourne.

Mais elle ne voit rien.

– Ha ha ha, c'était juste une blague, dit Pierre.

Juliette lui lance un regard furieux.

Michel a un rire narquois.

– Cette Juliette, alors ! On peut lui faire croire n'importe quoi. Je parie qu'il n'y a aucune araignée dans ce bus !

– Je l'espère, parce que moi aussi, j'ai une trouille monstre des araignées, chuchote Annabel à Lise.

M. Maurice lève la main.

– Finies les plaisanteries, les enfants. Il faut découvrir la raison pour laquelle l'allergie de Betty fait des siennes.

Derrière elle se trouve un garçon aux cheveux roux, dont le visage est couvert de taches de rousseur. Il se lève.

– Je crois que ça vient de moi, monsieur.

– Hé, Ruud a des poils de chat sur la tête, ricane Joris. J'ai toujours pensé qu'il ressemblait à un chat roux !

Des rires tonitruants fusent, et Ruud devient écarlate.

– Ça suffit ! dit le professeur. Laissez Ruud s'expliquer. Que veux-tu dire, Rudy ?

– Notre chat perd ses poils. Mon pull en est couvert ! Je pense que c'est ça qui gêne Betty.

– Oh, si ce n'est que ça. Tu n'as qu'à changer de place avec Pierre. Et approche-toi le moins possible de Betty, Ruud !

Les deux garçons se lèvent et échangent leurs places.

Lorsque le calme est revenu, Onnoval retourne près de la table. Il boite toujours. Et ça semble s'aggraver.

– En parlant de chats, commence-t-il en prenant un pot en plastique sur la table. Ce récipient est rempli d'une herbe à chat un peu spéciale. Voici le sujet de la prochaine histoire.

Betty éternue de nouveau bruyamment.

L'herbe à chat

Sara trouve que l'homme derrière le comptoir a un air sournois. Sournois ! C'est le mot juste. Il ne ressemble pas du tout au gentil monsieur que l'on s'attend à voir dans un magasin d'animaux.

– Que cherches-tu, fillette ? demande-t-il.

Même sa voix sonne faux, pense Sara. Il la regarde à travers des lunettes rondes en frottant sans cesse ses mains osseuses.

– De l'herbe à chat, répond Sara. Notre chat a des boules de poils dans l'estomac. Le vétérinaire a dit qu'il doit manger de l'herbe pour pouvoir vomir et s'en débarrasser.

Sara habite dans un immeuble au deuxième étage. Son chat ne peut donc pas sortir pour en trouver. Mais le vétérinaire a expliqué que l'on pouvait acheter une herbe spéciale, vendue en pot dans n'importe quelle animalerie.

– Ah bon, dit l'homme.

Un faible sourire passe sur son visage.

– De l'herbe à chat. Attends. J'ai un produit exceptionnel pour toi. Il marche à tous les coups !

Il se retourne et disparaît dans l'arrière-boutique plongée dans l'obscurité.

En attendant, Sara parcourt le magasin du regard. Il est rempli de bacs en verre et de cages. Certaines sont suspendues au plafond. La pièce est sombre et il règne un silence suspect.

Elle s'attendait à un concert de piaillements, de cris et de sifflements. Mais même le perroquet perché sur son bâton, une chaîne à la patte, ne bouge pas et fixe le vide, l'air absent.

– Hé, Coco ! lance Sara en touchant délicatement la tête rouge de l'oiseau.

Effrayée, elle retire sa main. La tête est dure et froide. Le perroquet est empaillé ! En passant devant les cages, elle découvre que les souris, lapins, hamsters et cochons d'Inde sont eux aussi empaillés. Même les milliers de poissons dans les aquariums ne bougent pas.

Beurk ! pense-t-elle. *C'est l'endroit le plus étrange que...*

– Tiens, regarde, dit le vendeur en interrompant Sara dans ses pensées.

Sans faire de bruit, il a resurgi derrière le comptoir, brandissant un récipient où se trouvent des granulés blancs qui ressemblent à des billes. Il le pousse de sa main décharnée vers Sara.

– Il faudra y verser un verre d'eau chaque jour, et alors, en moins d'une semaine, tu obtiendras la plus merveilleuse et la plus délicieuse des herbes à chat.

– Euh… ça coûte combien ? demande Sara.

– Eh bien, pour une aussi gentille jeune fille, c'est gratuit, répond le commerçant avec un petit sourire.

– Merci beaucoup.

Elle attrape vite le pot et sort du magasin en courant. Malgré ce cadeau, elle trouve le commerçant toujours aussi louche et elle est très contente de se retrouver dehors au soleil. Dans sa hâte, devant le bureau de tabac, elle manque de renverser le panneau publicitaire qui représente un monsieur tenant un gros cigare à la main.

Les jours suivants, Sara verse chaque matin un verre d'eau dans le pot, qu'elle a posé sur le bureau dans sa chambre. Et, en effet, au bout de deux jours, de petits brins d'herbe apparaissent entre les granulés. Sara ne pense plus à l'étrange animalerie depuis longtemps.

– Bientôt, tu pourras manger de la bonne herbe, Minou, annonce-t-elle à son chat, lorsqu'ils sont tous deux allongés sur le lit.

Jusqu'à présent, il n'a pas montré beaucoup d'intérêt pour ce semis. Quand Sara lui a fait sentir les granulés, il a même soufflé de colère en faisant le dos rond.

C'est sans doute parce qu'ils dégagent une drôle d'odeur, pense-t-elle. *Mais bientôt, quand l'herbe aura poussé, il sera sûrement très content et se léchera les babines !*

Le week-end venu, les brins se multiplient. On ne voit presque plus de billes blanches. Sara part avec ses parents deux jours chez sa grand-mère. Le chat les accompagne, bien évidemment. Mais, pendant ce temps-là, Sara ne pourra pas arroser les jeunes pousses.

– Tu sais ce que je vais faire, Minou ? Je vais mettre de l'eau pour deux jours, explique-t-elle. Sinon l'herbe se sera peut-être desséchée quand on rentrera.

Minou se détourne. Il a l'air de s'en moquer. Sara verse deux verres d'eau supplémentaires. Puis elle soulève son animal et se dirige vers l'ascenseur avec ses parents.

À leur retour, Sara pose sa valise en vitesse, elle n'a qu'une idée en tête.

– Tu viens, Minou ? demande-t-elle. Le pot est peut-être rempli de bonne herbe bien tendre !

Minou frotte son museau contre la jambe de sa maîtresse et la suit jusqu'à la chambre. Arrivé devant la porte, il pousse soudain des miaulements plaintifs.

– Que se passe-t-il ? s'inquiète Sara. C'est encore ces vilaines boules de poils dans ton ventre ? Tu verras, ça sera vite fini quand tu te seras régalé d'herbe à chat.

Elle ouvre la porte.

Devant elle se dresse un énorme mur vert qui ondule et se balance.

Sara fixe la végétation, les yeux exorbités. Clouée au sol, elle tient toujours la poignée de la porte. Minou se met à souffler. Ses poils se hérissent et sa queue double de volume.

Soudain, un tentacule sort de la masse verdâtre, se tortille autour de Sara puis la soulève. Le chat miaule d'effroi lorsqu'un autre tentacule l'attire à lui…

Le monde tourne autour de Sara. Elle gesticule, distribue des coups de pied et se bat de toutes ses forces sans savoir contre qui ou quoi. Elle atterrit brutalement sur ses pieds et tombe à la renverse, encerclée par des lianes verdâtres ondoyantes.

C'est quoi, cette jungle ? pense Sara. Une jungle ? Pourtant, elle est bien dans sa chambre, non ? Mais à présent la pièce est toute verte…

C'est alors que Sara se rend compte de ce qui s'est passé. La pièce est envahie par un fatras de tiges et de plantes horribles aussi hautes que des troncs d'arbres. Cela ne peut venir que du pot contenant l'herbe à chat ! Comment est-ce possible ? Mais elle n'a pas le temps de réfléchir : un cri déchirant s'échappe de cet enchevêtrement.

– Minou ! s'écrie-t-elle en avançant en direction du bruit.

Aussitôt, des lianes entourent ses chevilles et ses jambes. Sara se libère violemment et tente de se frayer un chemin au milieu des griffes tentaculaires.

Minou pousse un nouveau hurlement. Sara découvre son chat suspendu en l'air, prisonnier d'une espèce de plante étrangleuse. Les plaintes de Minou deviennent de plus en plus faibles et ses yeux sortent de leurs orbites.

– Minou ! crie Sara de nouveau en se jetant de tout son poids sur le monstre dévoreur. Lâche mon chat, sale monstre ! Lâche-le !

De toutes ses forces, Sara tire sur les branches qui enserrent Minou. Elle assène un coup de pied dans le tronc mutant, le faisant fléchir un instant. Aussitôt, elle saute dessus et libère Minou. Il ne bouge plus.

– Réveille-toi, supplie Sara. Il faut qu'on sorte d'ici !

Son cerveau travaille à cent à l'heure. La porte ! Elle doit réussir à l'atteindre au plus vite ! Serrant son animal dans ses bras, elle tente de se sauver. D'immenses tiges se jettent sur elle en serpentant. Toutes les hautes herbes et les créatures monstrueuses semblent se tourner vers Sara. La forêt ondoie autour d'elle. En se faufilant, elle réussit à s'approcher de la porte. Presque arrivée, elle découvre une plante géante, mieux connue sous le nom « d'attrape-mouche ». Une plante carnivore, habituellement toute petite, mais qui est devenue énorme. Telle celle d'un dinosaure, sa gueule monstrueuse aux mâchoires effrayantes balaie l'air avant de se diriger lentement vers Sara.

– Non ! crie-t-elle.

Avec une force décuplée par la peur, elle tente de l'éviter. Mais une grosse racine s'entortille autour de sa taille et la fait reculer. En voyant la gueule du monstre approcher, elle hurle de plus belle. On frappe à la porte de la chambre.

– Sara !

C'est la voix de son père.

– Papa ! Au secours ! s'écrie Sara.

Elle échappe de justesse aux mâchoires prêtes à la dévorer et s'arrache à l'étreinte de la racine. De tous côtés, des feuilles en forme de doigt se referment sur elle.

– Sara ! crie son père de nouveau.

Elle entend qu'il essaie d'ouvrir la porte en donnant des coups d'épaule contre le bois. À l'intérieur, les grosses tiges et les feuilles gigantesques forment une barrière solide. Mais, peu à peu, la porte cède.

Sara reprend espoir. Son père vient la libérer ! Mais les mâchoires de la plante dévoreuse resurgissent au-dessus de sa tête. Elle saute de côté, trébuche, et tombe. Une grosse feuille flasque recouvre son visage et l'étouffe. Des lianes l'enserrent et chassent l'air de ses poumons.

Soudain, la porte s'ouvre en grand. Papa pousse un hurlement féroce avant de se frayer un passage à travers la forêt ondulante.

– Sara ! Où es-tu ?

Elle voudrait répondre, mais la feuille étouffe ses cris. On n'entend que de faibles gémissements. Un goût acide pénètre dans sa bouche. Prise de violents vertiges, elle n'arrive plus à respirer et se sent aspirée dans un profond trou noir.

C'est fini, pense-t-elle.

Soudain, des mains fermes la soulèvent et écartent les tentacules qui l'entourent, permettant à Sara de respirer librement.

– Je suis là, ma chérie. Tiens bon ! dit son père en se débarrassant des plantes qui s'entortillent autour de ses jambes.

La tête de l'attrape-mouche bondit sur lui.

– Dégage ! hurle-t-il.

D'un bras, il tient Sara et Minou. De l'autre main, il attrape vite une tige épaisse et assène un gros coup à la gueule grande ouverte. La plante émet un sifflement aigu. Papa en profite pour rejoindre le couloir à grands pas. Il quitte la pièce en claquant la porte.

Plusieurs jours passent. Le père de Sara ne cesse de s'exclamer en secouant la tête :

– C'est incroyable !

Bien qu'il soit complètement rétabli, Minou n'ose plus s'approcher de la chambre de Sara. Le problème n'est pas résolu : l'herbe à chat continue à proliférer. Des lianes vertes traversent les interstices entre le mur et la porte, et serpentent le long du couloir. À l'intérieur de la pièce, la pression augmente de plus en plus.

À longueur de journée, le père de Sara manie une grande machette pour couper les tiges qui poussent à l'extérieur. Il a fixé des poutres contre la porte pour la renforcer et a condamné la fenêtre. Comme Sara ne peut plus entrer dans sa chambre, elle dort dans celle de ses parents.

– Ça va s'arrêter tout seul, ma chérie, affirme sa mère. Quand on n'arrose pas les plantes, elles meurent, tôt ou tard.

Maman a raison. Au bout de quatre semaines, l'herbe ne passe plus à travers les fentes. Avec un soupir de soulagement, papa pose sa hache. Pas rasé et trempé de sueur, il se tient dans le couloir et fixe la porte barricadée.

– Je crois que nous avons gagné, Sara. L'herbe ne pousse plus.

– Alors, je peux retourner dans ma chambre ? demande-t-elle, impatiente.

– Pas tout de suite, ma chérie. Il vaut mieux être prudent et attendre encore un peu pour être sûr que toutes les plantes sont mortes.

Quelques semaines plus tard, sentant une odeur de moisi flotter dans l'appartement, le père de Sara décide d'ouvrir la porte de la chambre de sa fille. La tâche est rude, car les plantes mortes se sont entassées à l'intérieur de la pièce.

Les yeux de Sara se remplissent de larmes lorsqu'elle découvre l'étendue des dégâts : un amas de lianes brunâtres en décomposition recouvre le sol, son lit et son bureau. De la bave verte dégouline le long des murs. L'odeur de pourriture est si forte qu'elle en a la nausée.

Papa avance péniblement vers la fenêtre pour enlever les planches et laisser entrer l'air frais. La vitre, brisée en mille morceaux, est entourée de tiges en putréfaction.

Plusieurs jours sont nécessaires pour nettoyer la pièce et chasser l'odeur infecte de l'appartement.

Papa a loué un conteneur de la mairie. Il fait de nombreux allers-retours avec sa brouette pour dégager toute la végétation. Par terre, à côté du bureau, il repère le pot en plastique, au fond duquel ne reste qu'un peu de boue noire.

– J'aimerais bien savoir où tu as acheté cette herbe à chat, Sara, dit papa en fronçant les sourcils. Je veux que le vendeur me donne des explications. Et, s'il le faut, je porterai plainte contre lui.

Le lendemain, Sara et son père arpentent la rue de l'animalerie. Bizarre. Ils ont beau chercher, ils ne trouvent pas la boutique. Il y a bien un bureau de tabac et un supermarché, mais pas de magasin d'animaux.

– Je suis sûre qu'il était là, papa. À côté du bureau de tabac. J'ai même failli me cogner contre ce bonhomme en bois avec son gros cigare.

À côté, il n'y a qu'une vieille maison bourgeoise abandonnée.

– Viens, on va demander au buraliste.

Ils contournent le panneau publicitaire et entrent dans le magasin.

– Bonjour, monsieur. Pourriez-vous me dire où se trouve l'animalerie ?

Le commerçant hausse les épaules.

– Pour autant que je sache, il n'y en a pas ici.

– Mais le magasin était juste à côté du vôtre ! s'exclame Sara.

– À côté ? Impossible ! La maison est vide depuis longtemps. En revanche, je peux vous raconter une vieille histoire à son sujet. Il y a longtemps, un étrange personnage vivait dans cette bâtisse. Il faisait de drôles d'expériences avec des plantes. Il voulait développer de nouvelles espèces. Il avait aussi un étrange passe-temps. Il aimait empailler les animaux. Sa maison en était truffée.

– Alors, c'est lui ! s'exclame papa. Sara m'a dit que le magasin était rempli d'animaux empaillés.

Le vendeur éclate de rire.

– Vous plaisantez, monsieur ! Ce n'est pas possible, car, voyez-vous, cet hurluberlu est devenu fou. Et, quand il a voulu donner une fillette à manger à une gigantesque plante carnivore, on l'a pendu. L'affaire remonte à près de deux siècles…

4

– Tu es prévenu, Ruud, lance M. Maurice. N'achète jamais d'herbe à chat pour ton matou, parce qu'il pourrait t'arriver le même genre de mésaventure.

– On a un jardin, donc on ne manque pas d'herbe ! D'ailleurs, je ne crois pas aux fantômes.

– Bien sûr. C'était juste pour rire. Les esprits n'existent pas, n'est-ce pas, monsieur Onnoval ? Leur existence n'a jamais été prouvée scientifiquement.

L'écrivain se gratte le menton en regardant le professeur d'un air pensif, comme s'il devait réfléchir à la question.

– C'est vous qui le dites, monsieur. Je ne m'occupe pas de sciences. Je ne fais qu'écrire des histoires. Pour moi, tous les évènements que je raconte sont réels. Pensez ce que vous voulez.

Il se retourne et remonte un petit store.

– Ah ! Ce soir, c'est la pleine lune ! Existe-t-il meilleur moment pour croire aux esprits et autres créatures surnaturelles ?

Il redescend le store. En silence, il s'assoit sur le bord de la table.

M. Maurice ne sait pas trop quoi répondre. Assis dans son fauteuil, les jambes croisées, il scrute ses élèves.

– Quelqu'un voudrait-il poser une question à M. Onnoval à propos de son livre ?

Michel se lève.

– Est-ce que vous avez aussi des histoires qui font vraiment peur ?

L'auteur le regarde en levant un sourcil.

– Que veux-tu insinuer par là, jeune homme ? Mes récits ne sont pas assez terrifiants ?

Mince, il est vexé, pense Alex.

– Si, si, mais je veux dire des histoires où on arrache des bras et où le sang coule à flots, répond-il en lançant un regard provocateur à Onnoval.

L'auteur semble médusé. Puis il grimace.

– Beurk. Ce dont tu parles n'a rien à voir avec la peur. C'est juste dégoûtant ! Je n'aime pas ces choses-là.

– Dégoûtant ? Mon frère rapporte souvent des vidéos où on voit des jambes et des bras arrachés voler dans tous les sens. Le sang dégouline presque de l'écran. Frissons garantis ! Et, quand il regarde ces films, mon frère adore manger un hamburger avec du ketchup !

Onnoval fixe Michel du regard. Le sourire a disparu de son visage. Son sourcil relevé tremble.

Maintenant il est fâché, il ne doit pas supporter la critique, pense Alex.

Contre toute attente, Onnoval se met à rire de bon cœur.

– Donc, toi, tu veux une histoire appétissante, dit-il en boitant un peu plus lorsqu'il passe devant la table.

Il s'arrête devant le gâteau aux douze bougies.

– Qu'y a-t-il de plus délicieux qu'une histoire de gâteau ?

Il sort un briquet de sa poche et allume les bougies une à une. Puis il feuillette le livre à la recherche de l'histoire.

Le gâteau

– Salut, Kika, tu viens avec nous ? crie Jessica du coin de la rue où elle discute avec deux autres filles et trois garçons.

Un peu plus loin sur le trottoir, Kika s'apprête à traverser. Elle secoue la tête, faisant danser sa longue queue de cheval d'une épaule à l'autre.

– Non, je vais de l'autre côté !

– Tu as peur de nous ? demande Erik, l'un des garçons.

Il brandit un doigt sillonné d'une longue cicatrice blanche. Les autres ricanent.

– Erik ne va pas te manger ! ajoute l'un d'eux.

Les rires fusent de nouveau.

– Allez, Kika, viens !

Jessica essaie de la convaincre, mais Kika traverse déjà.

– J'ai promis à tante Dora de lui rendre visite, crie-t-elle.

Jessica pousse un gros soupir.

– Tu veux encore aller voir cette vieille ? Tu ne viens jamais avec nous !

Kika monte sur le trottoir d'en face sans répondre. Elle n'a pas envie d'accompagner Jessica et ses amis. Surtout à cause d'Erik, en qui elle n'a aucune confiance. Il ne cesse de l'examiner de la tête aux pieds d'un air bizarre.

– C'est dangereux de se balader toute seule dans ces ruelles désertes, continue Jessica, légèrement fâchée. Tu sais bien qu'on nous a mis en garde à l'école. Depuis la disparition de Bastien, il faut qu'on reste le plus possible groupés.

Bastien a disparu depuis quelques jours. Personne n'a eu de ses nouvelles. À l'école, des bruits courent à propos d'un kidnappeur et on parle même d'un assassin d'enfants. Certains garçons essaient d'effrayer les filles en racontant des histoires sanglantes, mais Kika n'a pas peur. Elle longe les magasins et s'engage dans une autre rue. Cela ne la dérange pas trop que Bastien ait disparu. Elle le trouve méchant. Parfois, il lui tire les cheveux ou lui lance des grossièretés qui la font rougir. Un jour, il a essayé de l'embrasser en présence de ses copains. Elle a réussi à se libérer et s'est enfuie, le visage écarlate, sous les sifflets de Bastien et de sa bande.

Quelqu'un comme lui cherche tout simplement des ennuis. Kika est secrètement soulagée qu'il ait disparu.

J'espère qu'il ne reviendra plus jamais, se dit-elle.

Tante Dora habite dans le quartier le plus ancien de la ville. Les rues y sont étroites et peu fréquentées. Elle vit dans une maisonnette au bout d'une ruelle où deux voitures ne peuvent même pas se croiser.

Kika aime rendre visite à tante Dora. À l'inverse des autres enfants, elle estime que la vieille dame n'est pas folle du tout. De plus, tante Dora est toujours très gentille avec elle.

Kika l'a rencontrée pour la première fois dans un parc où elle donnait à manger aux canards. Plusieurs enfants — dont le fameux Erik — s'étaient moqués d'elle. Alors Kika l'avait prise spontanément par le bras en disant :

– Venez, ma tante, on rentre.

C'est ainsi qu'est née l'amitié entre Kika et tante Dora.

À présent, Kika se rend deux ou trois fois par semaine chez tante Dora. Elles boivent du thé, mangent des biscuits, et la fillette lui raconte sa vie.

Tante Dora sait écouter. Elle est contente de passer des moments en compagnie de Kika. Elle s'intéresse à toutes ses histoires. Le jour où Kika s'est enfuie pour échapper à Bastien, elle est arrivée chez tante Dora les yeux rougis et lui a tout raconté. La vieille femme a écouté en silence, mais ses yeux lançaient des éclairs.

– Ne t'en fais pas, ma petite. Les garçons comme Bastien reçoivent tôt ou tard ce qu'ils méritent.

Tante Dora avait raison, pense Kika en longeant les maisons. Certaines ont la porte d'entrée déglinguée et des fenêtres cassées. Il n'y a plus beaucoup d'habitants ici. On pourrait entendre une mouche voler.

Kika regarde à droite et à gauche : la ruelle est déserte. Elle presse le pas pour atteindre la maisonnette de tante Dora au plus vite. Sitôt qu'elle sonne, la porte s'ouvre, comme si la vieille dame l'attendait juste derrière.

– Bonjour, ma chérie. Je suis contente de te revoir.

Tante Dora est une petite femme maigre aux longs cheveux gris attachés en chignon. Elle a un visage aimable, ridé, où brillent des yeux pétillants.

– Bonjour, tante Dora.

Kika la suit dans le couloir menant au salon. Une délicieuse odeur de biscuits fraîchement sortis du four flotte dans l'air.

La jeune fille s'installe sur le canapé recouvert d'une couverture tricotée. Elle se sent chez elle dans cette pièce chaleureuse. La partie supérieure de la grande fenêtre est en verre coloré. La lumière jette des reflets orangés dans le séjour.

Tante Dora arrive de la cuisine avec une théière en porcelaine bleue et une assiette remplie de petits gâteaux encore tièdes. Elle verse la tisane dans deux tasses à fleurs. Puis, en poussant un gros soupir, elle s'assoit à côté de Kika sur le canapé. Un instant, elle pose sa main frêle et fragile sur la cuisse de la fillette.

Tante Dora a l'air très âgée ; elle a peut-être même quatre-vingt-dix ans ! pense Kika.

Les mains de la vieille dame tremblent et sa tête remue sans cesse. Comme si elle disait tout le temps « non ». C'est l'une des raisons pour lesquelles les enfants se moquent souvent d'elle en l'appelant « tata Non ». Mais ses yeux perçants observent le monde avec intelligence.

Tante Dora est tout sauf folle ! se dit Kika.

– Raconte-moi, comment s'est passée ta journée ?

Kika goûte sa tisane et croque dans son biscuit.

– Ben, un peu ennuyeux. Mais il est arrivé quelque chose de bizarre. Vous souvenez-vous de Bastien ? Celui qui n'arrête pas de me harceler ?

Tante Dora prend sa tasse et la porte à ses lèvres.

– Oui, tu m'en as parlé.

Délicatement, elle boit une petite gorgée en continuant à fixer Kika.

– Eh bien, il a disparu. D'un coup. Balayé de la surface de la Terre. Cela fait déjà plusieurs jours qu'il s'est évaporé.

– Ah bon, dit tante Dora.

Elle écoute attentivement en savourant son gâteau.

– Oui, il est parti. Tout le monde ne parle que de ça à l'école. Ils pensent qu'il a été enlevé ou même tué.

Kika lève les yeux vers tante Dora.

– À vrai dire, ça ne me gêne pas du tout.

Elle rougit.

– Je suis contente que cet affreux imbécile ne puisse plus m'embêter. Est-ce que je suis méchante de penser ça ?

La vieille dame repose sa main sur la cuisse de Kika.

– S'il y a bien sur cette Terre une personne qui n'est pas méchante, c'est toi, ma chère petite. Tu sacrifies ton temps libre pour tenir compagnie à une vieille radoteuse comme moi. Tu es adorable. Ce Bastien n'a eu que ce qu'il méritait. C'est ce que je t'avais prédit, non ? Ça se passe toujours ainsi avec ce genre de garçon.

Kika sourit.

– Vous n'êtes pas du tout une vieille radoteuse ! J'adore venir chez vous. Vous savez ce qui est étrange ? À l'école, tout le monde a peur qu'un tueur d'enfants rôde dans les environs. Ils n'osent plus se promener seuls dans la rue. Moi, si ! C'est quand Bastien était encore là, que j'avais toujours la trouille de tomber nez à nez avec lui. Maintenant, je respire !

Elle hésite un instant avant de poursuivre :

– Il ne reste plus qu'Erik, ce garçon horrible qui me regarde toujours d'un drôle d'air. Je ne l'aime pas non plus.

– Erik ? C'est qui ? demande tante Dora, intéressée.

– C'est celui qui était si odieux avec vous dans le parc.

– Ah, je vois !

Tante Dora hoche la tête en remuant la cuillère dans sa tasse.

– Ne t'inquiète pas. Tu es gentille et serviable. Il ne t'arrivera rien. Mais ce Bastien était un mauvais garçon et les gens méchants connaissent toujours une fin terrible.

– On l'a peut-être juste enlevé, suggère Kika. Qui sait si, demain, il ne m'attendra pas de nouveau devant l'école.

– Je ne crois pas, chère petite. Ne te fais pas de souci.

Soudain, elle se lève.

– Avant d'oublier : il me semble que lundi prochain, c'est ton anniversaire, n'est-ce pas ? Quel âge auras-tu ?

– Douze ans.

La vieille femme acquiesce d'un signe de tête.

– Bien. Si tu passes ce jour-là, j'aurai une surprise pour toi.

– Oh, c'est gentil !

Kika consulte sa montre. Le temps file quand elle est chez tante Dora. Il est déjà cinq heures et demie, et le soir commence à tomber.

– Il faut vraiment que je rentre chez moi maintenant, avant qu'il fasse nuit.

Elle aide tante Dora à ranger les tasses puis elle part.

Sur le pas de la porte, la vieille dame lui fait au revoir de la main en la suivant du regard jusqu'à ce qu'elle tourne au coin de la rue.

– Quelle gentille gamine ! Elle est tellement adorable qu'on la croquerait, murmure-t-elle.

Un sourire se dessine sur ses lèvres ridées. Elle ferme la porte et se dirige à petits pas vers la cuisine.

Kika se hâte à travers les rues obscures. Dans les maisons, les lumières sont allumées. La plupart des gens sont déjà en train de dîner. Elle s'arrête devant la vitrine éclairée d'une librairie. Un doux cliquetis résonne dans la nuit, et des gouttes de pluie apparaissent sur la vitre.

En continuant son chemin, elle entend des pas dans son dos. Elle se retourne. Une dizaine de mètres derrière elle marche un homme vêtu d'un imperméable, le col relevé, les mains plongées dans ses poches.

Ce n'est rien, pense Kika en regardant de nouveau devant elle. *C'est juste quelqu'un qui rentre chez lui, comme moi.*

La pluie redouble. Kika se dépêche. Elle tourne au coin de la rue et traverse. Les pas continuent de la suivre. La chaussée brille.

Kika accélère. Elle n'est qu'à quelques rues de sa maison. Les pas retentissent toujours sur le trottoir mouillé. Tout près d'elle à présent.

Le cœur de Kika s'emballe.

Mais je n'ai pas à avoir peur. C'est bien ce que tante Dora m'a affirmé, non ? se dit-elle. *Je suis une gentille fille à qui rien ne peut arriver.*

Elle s'arrête pour traverser. Une voiture éclabousse ses chaussures en passant. Soudain, l'homme est à côté d'elle et la fixe du regard. Kika se fige.

– Bonsoir, c'est toi, Kika ? Pourquoi es-tu toute seule ?

Surprise, Kika lève des yeux écarquillés. Elle pousse un grand soupir de soulagement en reconnaissant l'homme. C'est M. Herriman, le prof de sport.

– Tu as l'air effrayée, remarque-t-il. Tu ne devrais pas te promener toute seule. Surtout pas la nuit. Tu sais pourtant que Bastien a disparu, non ?

Kika hoche la tête.

– Oui, monsieur, mais j'ai rendu visite à quelqu'un.

M. Herriman la regarde d'un air sévère.

– Il faudra être plus prudente, Kika. Tant qu'on ne sait pas ce qui est arrivé à Bastien, c'est dangereux de te balader toute seule. Imagine que je sois un kidnappeur ou un assassin, j'aurais pu t'enlever sans que personne s'en aperçoive.

– Oui, monsieur, murmure Kika.

– Es-tu encore loin de chez toi ? demande-t-il.

– Non, c'est à deux minutes.

– Je t'accompagne, propose le professeur de sport.

Ils marchent en silence sous la pluie. Arrivée devant chez elle, Kika court vers l'entrée tandis que M. Herriman la suit du regard. Puis il continue son chemin, la tête enfoncée dans le col de son manteau.

Le lundi suivant, l'école ressemble à une ruche. Des bruits courent de nouveau. Les élèves se sont regroupés. Le sujet du jour est une nouvelle disparition.

En sortant de cours, Kika se hâte vers la maison de tante Dora pour recevoir son cadeau d'anniversaire et lui raconter les récents évènements.

Hors d'haleine, elle se laisse tomber sur le canapé.

– Écoutez, tante Dora, il s'est encore passé quelque chose !

– Ah bon. Quoi ? demande la vieille dame depuis la cuisine.

– Erik, l'autre garçon méchant dont je vous ai parlé la semaine dernière, il a disparu aussi ! Depuis samedi !

Tante Dora entre dans la pièce. Elle pose deux assiettes et deux fourchettes en argent sur la table.

– Je ne les utilise que pour les grandes occasions, ma chérie. Et aujourd'hui est une journée spéciale parce que tu fêtes tes douze ans.

– Vous avez entendu ce que j'ai dit ? Erik est introuvable !

Tante Dora sourit.

– Oui, oui, j'ai bien entendu, ma petite. C'est ce qui arrive aux vilains garçons. Tu vois, tu n'as plus à t'inquiéter.

Puis elle retourne à la cuisine.

Peu après, elle revient en portant un plat sur lequel trône un magnifique gâteau à la crème.

Heureuse, elle regarde Kika.

– Bon anniversaire, ma chérie ! J'espère que tu le trouves beau. J'y ai mis tout mon cœur.

– Waouh, il est super ! s'exclame Kika. Vous êtes vraiment trop gentille !

Le gâteau a l'air délicieux. L'épaisse couche de crème est décorée avec des chocolats en forme de feuilles. Des cerises appétissantes sont disposées en cœur et douze bougies placées en cercle couronnent le tout.

Il faut un petit moment à Kika pour s'apercevoir que les bougies ont un drôle d'aspect. Un peu courbées, elles ne sont pas toutes de la même taille. Le plus étrange, c'est qu'elles n'ont pas de mèche.

Kika se penche pour les regarder de près.

Le souffle coupé, elle découvre que les bougies plantées dans le gâteau d'anniversaire ne sont pas des bougies, mais des doigts !

Douze doigts fins de garçon, dont les ongles ont été coupés et nettoyés. À l'un d'eux brille une bague. La même que celle que portait Bastien. Un autre doigt est barré d'une longue cicatrice.

De l'autre côté de la table, les yeux malicieux, tante Dora regarde Kika en arborant un joli sourire et en bougeant la tête. De sa main tremblante, elle coupe un beau morceau du gâteau.

– En veux-tu un bout, ma chère petite ?

5

– Beurk ! s'exclame Joris en examinant le gâteau avec de grands yeux.

Les bougies sont allumées.

– J'espère que ce ne sont pas de vrais doigts !

– Bien sûr que non, Joris, dit M. Maurice, toujours assis dans son fauteuil à côté de la table où est posé le gâteau.

Curieux, il se penche quand même pour regarder les bougies de plus près.

Les petites flammes se reflètent dans ses lunettes. Silencieux, l'écrivain se tient de l'autre côté de la table.

Le professeur fronce les sourcils en déglutissant péniblement.

– Ce sont… des bougies en forme de doigt ! Vous avez l'air d'avoir un don pour les blagues macabres, monsieur Onnoval !

Flatté, l'auteur arbore un large sourire.

– Je fais de mon mieux pour que tout paraisse réel.

Annabel est surprise de constater qu'elle a bien aimé cette histoire. *Si j'avais une tante comme tante Dora, je lui enverrais Mark Lendeker, le vaurien de cinquième*, pense-t-elle. *Puis, tchac !* Elle rigole doucement. *Et l'auteur qui parlait d'une histoire appétissante ! En tout cas, maintenant, j'ai vraiment faim !*

Elle sort une pomme de la poche de son manteau.

– Dommage, je n'ai pas de couteau, marmonne-t-elle.

Lise fouille dans son sac à main et lui donne un épluche-légumes.

– Aïe ! crie Emmanuel au même moment. Crotte de bique !

Surprise, Annabel manque de se couper le doigt.

Emmanuel pousse un nouveau juron.

– J'ai reçu un truc dans l'œil ! Aah ! Ça fait mal !

Le professeur se lève et se dirige vers Emmanuel.

– Laisse-moi regarder.

Emmanuel lève la tête.

– Je ne vois rien. Il n'y a pas assez de lumière ici. Quelqu'un a-t-il une lampe de poche ?

– En voilà une, dit Lise.

Elle sort une lampe torche de son sac, l'allume et la fait passer au garçon assis devant elle.

M. Maurice l'attrape et l'approche du visage d'Emmanuel.

– Qu'est-ce que tu as à l'œil ?

Emmanuel gémit :

– Je ne sais pas. J'ai été attaqué par une sale bestiole. Je ne vois plus rien. Je vais peut-être devenir borgne.

Son œil est un peu rouge et larmoyant.

M. Maurice tente de le calmer.

– N'exagère pas. Ce n'est rien. Tu n'as qu'à y appuyer un mouchoir et ça passera tout seul.

– Je n'en ai pas, se lamente Emmanuel.

Lise a déjà ouvert son sac. Peu après, Emmanuel tient un mouchoir fleuri contre son œil endolori.

Plusieurs élèves jettent des regards anxieux autour d'eux. Avec la lampe de poche, le professeur éclaire le sol devant Emmanuel.

– Attention, monsieur, elle risque de vous mordre ! crie Jacob.

Le professeur se penche et ramasse quelque chose.

– Regardez ! Voilà la coupable !

Il tient une chauve-souris dans la main.

– Elle a touché ton œil quand l'élastique s'est cassé.

– Waouh, au secours ! Quelle horrible bête ! s'exclame Pierre.

Soulagés, tous éclatent de rire.

– Ça suffit, les enfants. Ce n'est pas gentil de vous moquer d'Emmanuel.

– Ça fait super mal, bougonne Emmanuel en tenant toujours le mouchoir contre son œil.

M. Maurice rend la lampe de poche à Lise et retourne s'asseoir dans son fauteuil.

Annabel lance un regard étonné à Lise qui range la lampe dans son sac à main. D'abord un économe et à présent une lampe torche et un mouchoir. Qu'y a-t-il d'autre dans ce petit sac ?

Onnoval n’est pas intervenu. Il observe juste la scène, assis sur le bord de la table.

– Je suis désolé pour cet incident. Les chauves-souris font partie de la décoration. Je ne voulais pas qu’elles vous attaquent. J’espère que tout rentrera vite dans l’ordre, Emmanuel, car c’est embêtant de ne voir que d’un œil.

Il soulève le tableau posé sur la table et le redresse de façon que tous les élèves puissent le voir. La toile est presque vierge, à l’exception d’une vieille dame dans un coin. Pour une raison inconnue, un ruban adhésif barre son œil droit.

L’auteur saisit son livre.

– Cette histoire parle aussi d’un œil. Écoutez bien !

Le tableau

– Loucha est folle ! Loucha est folle ! scandent les enfants en jetant de la terre en direction d'une femme très âgée qui marche avec difficulté sur un chemin caillouteux de Gark, un village de pêcheurs.

Elle se retourne et secoue son poing maigre qui enserre sa canne telle une griffe d'oiseau. Les enfants se dispersent bruyamment et disparaissent dans les ruelles adjacentes en s'esclaffant.

– Attention ! Loucha est fâchée ! Loucha est fâchée ! Faites gaffe, parce que son œil est en colère. Très en colère !

Longtemps, l'écho de leurs cris résonne en ricochant contre les murs des maisons blanches. Jusqu'à ce que les mamans demandent à leurs enfants de rentrer et que les portes se referment sur leurs exclamations.

– L'œil de Loucha est fâ-â-â-ché, entend-on une dernière fois au loin.

Entre-temps, la vieille dame a regagné sa maisonnette, située en bas d'une rue pentue.

Loucha porte malheur : elle est affligée du mauvais œil. En tout cas, c'est ce qu'affirment les gens de Gark depuis qu'on l'a trouvée, une nuit de pleine lune, abandonnée devant la porte d'une maison de ce village qui ne compte qu'une rue et quelques ruelles.

Âgée alors d'un peu plus d'un an, on l'a appelée Loucha parce qu'elle louchait de l'œil droit.

Partout où elle passait, des accidents se produisaient spontanément. Certes, au début, ils étaient insignifiants. Des vitres se brisaient, un homme tombait d'une échelle et se cassait la jambe, un lustre se décrochait d'un plafond et frôlait le crâne chauve de M. Bergman. Mais au fur et à mesure que Loucha grandissait les incidents s'aggravaient.

De plus en plus souvent, les hommes revenaient bredouilles de la pêche quand Loucha avait contemplé la mer. Les gens commencèrent à y prêter attention, et, chaque fois qu'un malheur survenait, quelqu'un avait aperçu Loucha à proximité. Elle ne faisait rien de particulier. C'était juste une petite fille affligée d'un strabisme à l'œil droit, et qui aimait se promener et observer tout ce qui l'entourait. Mais les catastrophes s'accumulaient sur son passage.

Un soir de tempête, la foudre toucha le clocher de la petite église. Quelqu'un déclara alors avoir vu Loucha regarder le bâtiment depuis la fenêtre de sa chambre.

Pour les villageois, la situation ne pouvait plus durer. Ils organisèrent une réunion d'urgence et prirent une décision le soir même. Le lendemain matin, les parents adoptifs de Loucha l'emmenèrent chez le médecin, qui cousit les paupières de la fillette avec un fil de pêche extrêmement fin et solide. Son mauvais œil était fermé.

En vieillissant, Loucha resta ainsi, car ses parents adoptifs lui avaient fait jurer de ne jamais tenter d'enlever les fils. Obéissante, Loucha tint toujours sa promesse, même après leur mort. Mais elle se promit de faire payer aux habitants ce qu'ils lui avaient infligé. Maintenant, tout le monde pense qu'elle est folle et la traite comme une moins que rien. Même les enfants de Gark se moquent d'elle. Mais Loucha attend patiemment en sachant que l'heure de sa vengeance viendra.

Un jour, un étranger arrive à Gark et loue une chambre à l'auberge « La belle sardine ». C'est un drôle de personnage. Il a l'air d'un artiste : un « excentrique », disent les villageois. Il est peintre et s'appelle Doppel.

Il veut dessiner et peindre le village. Les habitants espèrent qu'il ne s'éternisera pas. Ils n'aiment pas les étrangers et encore moins les artistes qui se mêlent de tout et perturbent la vie tranquille du hameau par leur présence et leurs questions incessantes.

Doppel, en revanche, est ravi de découvrir les pittoresques maisonnettes aux toits rouges, les caves et les ruelles donnant sur la route en pente. Tous les jours, il part explorer le village avec son chevalet et son matériel de peinture.

Le soir, il mange souvent du poisson à l'auberge. Parfois, il tente d'engager la conversation avec l'aubergiste, mais n'obtient en général qu'un grognement en guise de réponse. Quelle n'est donc pas sa surprise lorsqu'un jour, alors qu'il est de retour avec son dernier tableau sous le bras, l'aubergiste l'interpelle d'un ton hargneux !

– Pourquoi l'avez-vous peinte, celle-là ?

Sur la toile figure une rangée de maisons devant une mer déchaînée sous un vaste ciel chargé de mouettes. Dans le coin inférieur, juste devant l'une des maisonnettes, Doppel a peint un personnage avec un œil fermé.

– Elle ? Vous parlez de cette femme-là ? Elle était là par hasard, et je trouvais que ça complétait bien l'ensemble. Elle n'a pas bougé d'un pouce pendant tout le temps que j'ai travaillé. Une petite dame bien étrange. Qui est-elle ? Vous la connaissez ?

– Tout le monde la connaît et tout le monde l'évite. C'est Loucha, elle a le mauvais œil, grommelle l'aubergiste en faisant rapidement un signe de croix. Restez loin d'elle ! Elle porte malheur.

Doppel éclate de rire.

– Quelle absurdité ! Le mauvais œil ! Je n'ai encore jamais entendu une bêtise pareille.

Mais l'aubergiste n'a aucune envie de plaisanter.

– Je vous préviens, jeune homme. Ne vous approchez pas d'elle ! Détruisez ce tableau. L'œil de Loucha est dangereux. Que Dieu préserve notre village si jamais elle recouvrait la vue. Personne ne connaît la force de son œil. Et personne ne tient à la connaître. C'est pour ça qu'on lui a cousu les paupières quand elle était petite.

Scandalisé, Doppel s'écrie :

– Que dites-vous ? Coudre les paupières d'une pauvre enfant ? Seulement à cause d'une superstition ridicule ? C'est monstrueux ! Cette pauvre petite vieille a donc passé toute sa vie avec un œil fermé ?

L'aubergiste se retourne d'un air dédaigneux.

Lorsque le peintre lui demande une bière, l'aubergiste répond d'un ton bourru :

– Il n'y en a plus.

Troublé, Doppel regagne sa chambre. Il se laisse tomber sur son lit en se promettant de rendre visite à la vieille dame. Elle a sans doute envie de parler à quelqu'un, surtout si les villageois la traitent avec autant de méchanceté.

Le lendemain matin, les tableaux rangés dans sa valise, le chevalet sur l'épaule et la boîte avec son matériel de peinture sous le bras, Doppel quitte l'auberge. Il en a assez de ce village de pêcheurs avec ses habitants inhospitaliers. Mais, avant de partir définitivement, il a décidé d'aller voir la vieille femme.

Il marche sur la route pavée jusqu'à la maisonnette au bout de la rue. Bizarrement, la demeure de Loucha se situe loin des autres. Comme si elles se tenaient anxieusement à l'écart.

N'importe quoi ! Je me laisse influencer par les ragots insensés d'un aubergiste ! pense-t-il. Mais il ne peut s'empêcher de frissonner en passant le portillon du jardinet. Tout y est tellement silencieux ! Les bruits extérieurs semblent étouffés.

Le récit sordide de l'aubergiste l'obsède. Soudain, il se demande si tout cela ne cache pas davantage que de la simple superstition. Il est à deux doigts de faire demi-tour et de partir en courant. C'est alors que la porte d'entrée s'ouvre en grinçant. Apeuré, Doppel fixe l'entrée plongée dans le noir. Puis il découvre une silhouette qui lui fait signe. Les doutes et les angoisses du peintre s'effacent aussitôt, car sur le pas de la porte se tient une jeune fille vêtue d'une robe blanche, dont les longs cheveux blonds dissimulent la moitié du visage. Elle lui fait signe de nouveau. Docile, Doppel la suit dans la maison. Il est tellement sous le charme de la beauté de la demoiselle qu'il en oublie tout le reste. Il oublie même qu'une vieille femme est censée habiter dans cette demeure. La jeune fille le précède dans le salon avant de s'asseoir élégamment sur un canapé placé dans un coin sombre.

– Asseyez-vous, monsieur le peintre, dit-elle d'une voix mélodieuse.

Comme hypnotisé, il pose sa valise, son chevalet et sa boîte à peinture par terre avant de se laisser tomber sur le canapé à côté d'elle. Il la fixe du regard, les yeux brillants. Elle est si belle et si fragile qu'il voudrait la prendre dans ses bras.

À sa grande surprise, elle se met à pleurer à chaudes larmes. Elle s'est penchée en avant, et ses longs cheveux blonds cachent son visage.

Tout à coup, Doppel repense à la vieille dame et il suppose qu'il est en présence de sa fille.

Doppel ressent une immense pitié. Il voudrait la consoler, mais n'ose pas bouger. Il ferait n'importe quoi pour qu'elle cesse de sangloter. C'est insupportable.

– Qu'est-ce que je peux faire pour vous ? chuchote-t-il enfin. Vous… vous êtes si belle. Ne pleurez pas.

– Je ne suis pas belle, dit-elle entre deux sanglots. Regardez !

Elle jette ses cheveux en arrière dévoilant ainsi son visage. Un très joli visage. La seule chose qui détonne, c'est son œil droit. Il est fermé. On dirait qu'il est collé.

– Ils ont cousu mes paupières, parce qu'ils me détestent.

Le peintre pousse un cri de colère.

– Quels imbéciles superstitieux ! D'abord, ils cousent les paupières de la mère et ensuite celles de sa fille !

– Je suis si malheureuse. Je ne pourrai être heureuse que lorsque mon œil sera ouvert de nouveau.

– Si seulement je pouvais vous aider, dit Doppel.

En pleurant, elle se blottit contre le peintre.

– S'il vous plaît, aidez-moi !

– Mais comment ? demande Doppel, affolé.

Il est un peu gêné qu'elle se soit serrée contre lui. Mais elle dégage une délicieuse odeur de jasmin, un parfum presque envoûtant.

– Ouvrez mes paupières, chuchote-t-elle. Coupez les fils qui les relient. Je ne peux pas le faire, parce que j'ai dû promettre à mes parents de ne jamais les enlever moi-même.

– Mais je…

– Allez, je suis sûre que vous en êtes capable. Vous avez sûrement un couteau très fin dans votre boîte à outils. Parfois, les peintres en utilisent pour gratter la peinture, non ?

Doppel hésite. En effet, il en possède un, mais l'idée de devoir l'utiliser pour ouvrir les paupières de la jeune fille l'effraie.

– S'il vous plaît, supplie-t-elle.

Finalement, il ne peut résister davantage à son regard implorant. Il fouille dans sa boîte et trouve le couteau. Le cœur battant, il commence à couper les fils tout doucement, un par un. Sa main tremble, mais la fille l'encourage.

– N'ayez pas peur, vous allez y arriver.

Après avoir enlevé le dernier fil, Doppel est le premier surpris de sa réussite. Aussitôt, la jeune fille se retire dans le recoin le plus sombre de la pièce en cachant l'œil droit de sa main.

– Sortez ! Sortez d'ici ! siffle-t-elle.

Sa voix n'est plus douce et mélodieuse, mais dure et chevrotante comme celle d'une vieille femme.

Doppel est stupéfait. Pourquoi est-elle tout à coup si désagréable ?

– Mais… je…

– Dehors ! ordonne-t-elle. Vous avez libéré mon œil, et je vous en remercie. Je ne veux pas vous faire de mal. Mais les autres seront servis…

Dans la pénombre, sa silhouette semble plus petite, courbée, recroquevillée. Entre ses vieux doigts en forme de griffes filtre une étrange lumière blanche qui s'intensifie.

– Déguerpissez ! s'écrie-t-elle d'une voix qui croasse. Sauvez-vous avant qu'il soit trop tard !

Soudain, Doppel est saisi d'une peur panique en comprenant ce qui s'est passé. C'est Loucha ! Loucha avec le mauvais œil ! Elle a pris l'apparence d'une belle jeune fille pour qu'il lui ouvre les paupières !

Alors, il quitte la pièce à toute vitesse. Dans sa précipitation, il ne prend que la valise contenant ses tableaux. Il s'éloigne de la maison en courant. Sans s'arrêter, sans se retourner. Ébahis, les villageois regardent l'artiste excentrique filer en direction du port. Il réussit à monter juste à temps à bord d'un navire marchand sur le point de partir.

Les gens ont vu le peintre sortir de la maison de Loucha et se demandent ce qui a pu s'y passer. Ils deviennent fébriles. D'un pas hésitant, plusieurs villageois se dirigent vers la demeure de Loucha. Pourquoi cet étranger est-il parti en courant ? Quelque chose ne tourne pas rond. Les langues se délient et, en moins d'une heure, tout le monde se retrouve devant la maisonnette de la vieille femme. Quelqu'un lance un caillou contre la porte d'entrée. Puis un deuxième. D'autres villageois l'imitent et, rapidement, il pleut des pierres sur la porte et les fenêtres. Une vitre se brise en mille morceaux.

– Sors de là, sorcière ! crient-ils.

Ils s'encouragent mutuellement, hurlent et vocifèrent. La meute semble être devenue un monstre à plusieurs têtes.

Soudain, la porte s'ouvre et Loucha sort en traînant les pieds : une vieille femme courbée, couvrant son œil droit de la main. Au milieu de la foule agitée, personne ne remarque la lumière blanche filtrant entre ses doigts.

– Regardez, s'écrie l'un des lanceurs de cailloux. On l'a touchée à l'œil !

Des rires fusent.

Mais Loucha reste silencieuse et impassible. Les gens commencent à s'inquiéter. Doucement, la vieille femme se dirige vers le portillon.

– L'heure est venue, annonce-t-elle. J'ai juré de vous faire payer tout ce que vous m'avez fait endurer. Croyez-vous vraiment que je sois folle ? Et que je ne ressente ni douleur ni tristesse ? Ah !

Un inexplicable malaise parcourt la foule. Les villageois sont comme cloués au sol, incapables de détourner leur regard de Loucha.

– L'heure est venue..., lance-t-elle de nouveau. MAINTENANT !

Loucha enlève la main qui cache son œil droit...

Les gens hurlent de peur.

– Tu as vu ça ? demande le capitaine du cargo à son second alors qu'ils naviguent déjà loin du rivage. Il y a eu un énorme éclair à Gark !

Il règle ses jumelles et scrute la côte.

– Bizarre. Je suis pourtant sûr que Gark se situait par là. Mais il n'y a plus rien. L'endroit est désert. Comme si le village avait été balayé de la surface de la Terre, d'un seul coup !

Le second hausse les épaules en crachant une chique de tabac à priser. Il a sillonné la mer toute sa vie et il a vu tant de choses étranges que plus rien ne lui semble impossible.

À bord, assis dans une cabine, Doppel frissonne encore.

Les mains tremblantes, il sort les tableaux de sa valise et les dispose sur le sol un par un. Il les observe sans comprendre. Les représentations du village de pêcheurs ont disparu. Toutes les toiles sont vierges. En revanche, en bas du dernier tableau figure toujours la vieille femme telle que Doppel l'a peinte. À un détail près. Il l'avait représentée l'œil droit fermé, mais à présent, pour une raison inexpliquée, il est ouvert. Comme dans la réalité. Et, de cet œil-là, Loucha fixe Doppel en louchant.

Le peintre pousse un cri strident. Il saisit le tableau, court vers le pont du navire et le lance par-dessus bord sans ménagement. Avec un grand plouf, la toile atterrit dans la mer, où elle est emportée par les flots avant de disparaître sous l'eau.

6

Le silence règne. Le récit a impressionné tout le monde.

– Donc ce tableau est celui de l'histoire que vous venez de raconter ? demande M. Maurice.

Comme d'habitude, Onnoval sourit.

– Vous ne me croyez pas ? Oseriez-vous retirer le scotch qui recouvre l'œil de Loucha ? Je ne réponds pas des conséquences.

Le professeur hésite un instant avant de tendre la main.

Tous les élèves crient en même temps.

– Non, ne faites pas ça ! hurle Juliette.

– Enlevez-le, rétorque Michel. Ce n'est qu'une histoire.

– Mais elle est peut-être vraie, estime Alex.

– Arrachez-le !

– Non, surtout pas !

– N'y touchez pas, monsieur ! crie Emmanuel, qui en oublie même son œil endolori.

Le professeur ne sait plus quoi faire. Il regarde tour à tour les enfants et Onnoval. Mais il n'arrive pas à décrypter l'expression du visage de l'écrivain. Ses yeux pétillent comme si ce petit jeu l'amusait beaucoup.

– Le tableau a pourtant coulé dans la mer, non ? demande Michel.

Onnoval continue à fixer M. Maurice.

– Il est remonté à la surface, dit-il.

Un instant, la main du professeur reste suspendue au-dessus du ruban adhésif. Puis il la retire.

– Je vais le laisser en place. Mieux vaut garder le mystère.

Quelques élèves poussent un soupir de soulagement. M. Maurice rit, mais Alex voit des gouttes de sueur perler sur le front de son professeur. L'écrivain, quant à lui, arbore un air triomphant.

– Il donne l'impression d'avoir gagné la partie, chuchote Alex. Le prof ne croit pas aux esprits et autres trucs fantomatiques, mais il n'a pas osé enlever le scotch. Onnoval a l'air enchanté. Pourquoi ?

– Il essaie juste de nous faire peur, estime Michel. C'est le principe du bus de l'horreur. Je parie qu'il sort la même blague à chaque fois.

Alex laisse tomber sa tête en arrière.

– Drôle de blague. Je croyais qu'on n'était là que pour écouter des histoires. Mais, depuis un bon moment déjà, j'ai l'impression que ce n'est pas ça le but.

Michel ouvre une canette de Coca, prend une gorgée et lâche un rot.

– Tu te poses trop de questions, Alex. Tu t'inquiètes pour un rien. Si tu es une poule mouillée, il ne fallait pas venir.

Alex ne dit plus rien. Michel a réponse à tout. Et il a peut-être raison. Alex soupire. Il voit que son professeur fixe toujours le tableau en fronçant les sourcils.

Onnoval l'a remarqué lui aussi. Il se dirige vers M. Maurice en boitant. L'expression triomphante a disparu de son visage, et il lance un regard bienveillant au professeur.

– Oubliez ce tableau, monsieur Maurice. C'était juste pour rire.

Michel tourne la tête vers Alex.

– Tu vois, j'avais raison.

– Installez-vous confortablement dans votre fauteuil, dit l'auteur. C'est un siège très particulier, réservé aux professeurs. Et qui dit fauteuil spécial, dit histoire spéciale. Je suis sûr que vous brûlez d'impatience.

M. Maurice acquiesce d'un hochement de tête en posant les bras sur les larges accoudoirs et en croisant les jambes.

– Vous avez titillé ma curiosité, monsieur Onnoval. Avec vous, on va de surprise en surprise.

L'écrivain feuillette son livre.

– Attendez. Ah, la voilà ! C'est à la page 93.

Tandis qu'il commence à lire, un cliquetis se fait entendre sur le toit. Un bruit régulier. De plus en plus fort.

Le fauteuil

Quand un élève est renvoyé de la classe, il doit se rendre chez M. Tourreau, le principal du collège. Bourreau, comme le surnomment les collégiens, possède une pièce spéciale où il reçoit les fauteurs de troubles. Les enfants appellent cet endroit « la salle des tortures ». Assis derrière un imposant bureau en chêne, Bourreau répond de sa grosse voix lorsqu'un élève frappe à la porte.

Cette fois, c'est Jasper qui s'y présente.

– Entrez !

Jasper ouvre doucement la porte et passe le seuil en hésitant. Le principal étudie une pile de papiers à la lumière d'une lampe. De gros rideaux noirs aux fenêtres plongent le reste de la pièce dans la pénombre.

Jasper ne bouge plus et attend.

– Ferme la porte, ordonne M. Tourreau sans lever la tête.

Docile, Jasper pousse le battant. Le voilà coupé du reste de l'école et, par la même occasion, du reste du monde. Seul dans cet antre sombre, le domaine de Bourreau !

Les mains dans le dos, Jasper a la gorge nouée. Sa jambe gauche le démange, mais il n'ose pas se gratter. Et il a envie d'aller aux toilettes.

Toujours immobile derrière son bureau, le principal ressemble à un bloc de granit.

Jasper examine la pièce du coin de l'œil. Contre l'un des murs se trouve une armoire métallique à quatre tiroirs, où M. Tourreau range les fiches portant le nom des élèves et les remarques sur leur comportement. Contre un autre se dresse une bibliothèque remplie de lourds volumes et d'épais dossiers d'archives. Des murs gris et nus. *On dirait une cellule de prison*, pense Jasper. Puis son regard s'arrête sur un imposant fauteuil en cuir, trônant tel un monstre silencieux à côté du bureau.

Le fauteuil !

Jasper en a souvent entendu parler, mais il ne l'avait encore jamais vu de ses propres yeux. Le fameux trône de Bourreau, craint par tous. Source de toutes sortes de rumeurs circulant à voix basse dans la cour de récréation.

Le mastodonte recouvert de cuir de buffle marron a de larges accoudoirs arrondis et repose sur quatre pieds en bois en forme de griffe. Deux gros coussins font penser à des lèvres géantes. Jasper a l'horrible sentiment que le fauteuil pourrait le dévorer. Rien qu'à le regarder, il a la chair de poule. Les appuie-bras sont usés et couverts de striures.

Ceux qui y ont pris place ont toujours des histoires incroyables à raconter. Ce fauteuil est devenu une vraie légende à l'école. Pourtant, ce n'est qu'un vieux siège banal.

Soudain, M. Tourreau recule sa chaise brutalement. Les pieds raclent le sol.

Jasper tressaille.

Le principal remonte ses lunettes métalliques sur le nez et se lève. Il est petit mais carré. Son visage est dur et de profondes rides entourent sa bouche.

– Bon !

Jasper baisse la tête. Personne n'ose jamais regarder Bourreau en face.

– Dis-moi. Pourquoi es-tu ici ? demande-t-il d'un ton indifférent.

Jasper regarde ses chaussures.

– M. Vossen m'a renvoyé, monsieur.

– Aha ! Et pourquoi t'a-t-il mis dehors ? le questionne-t-il avec un soupçon de curiosité dans la voix.

Jasper hésite et rougit.

– Alors ? Ça vient ?

Les mots claquent comme des coups de fouet.

– Il n'a pas aimé que je dévisse le plateau de ma table.

– Tu as fait quoi ?

Incrédulité. Stupéfaction.

Jasper se sent rapetisser.

– J'ai dévissé le plateau de ma table, monsieur.

– Tu as bousillé ta table ! Et pourquoi ?

– Je m'ennuyais, monsieur.

M. Tourreau expulse l'air entre ses dents en sifflant.

– Ah bon ! Tu t'en-nuy-ais !

Brusquement, il se dirige vers le fauteuil. Jasper le suit des yeux. Le principal allume une lampe articulée. Une lumière vive tombe sur le siège, projetant au sol une ombre aussi noire qu'une flaque de pétrole.

– Assieds-toi.

Non, pense Jasper. *Je ne veux pas m'asseoir.* Il avance d'un pas, puis s'arrête.

– Assis !

En moins de deux secondes, Jasper obéit. Il s'enfonce dans les coussins. Les accoudoirs sont si hauts que ses épaules les dépassent à peine. Le cuir froid dégage une étrange et entêtante odeur animale.

Les buffles sentent peut-être comme ça, se dit Jasper. Ou alors c'est la transpiration des enfants qui l'ont précédé dans ce fauteuil ! La lampe suspendue au-dessus de sa tête envoie une lumière crue comme un soleil aveuglant.

– Donc, tu t'ennuyais, répète M. Tourreau.

Il retourne à son bureau, sort quelque chose d'un tiroir et se poste de nouveau devant Jasper. Il tient une longue règle plate qu'il caresse de ses doigts aux ongles propres et bien coupés. Jasper la regarde anxieusement.

– Pourquoi sommes-nous dans cette école ? demande M. Tourreau doucement en contournant le fauteuil.

– Pour apprendre, monsieur, murmure Jasper.

– Aha ! Pour apprendre !

Avec sa règle, Bourreau donne un coup sec sur l'un des accoudoirs. Jasper se recroqueville, apeuré.

– Apprendre, ça ne veut pas dire casser des tables !

Vlan ! La règle s'abat de nouveau. Cette fois sur l'autre accoudoir, où une fine striure apparaît.

Jasper serre les dents. Il se sent rapetisser comme si le fauteuil l'engloutissait.

Une demi-heure de calvaire ! Bourreau tourne autour de lui en criant et en cognant de plus en plus fort sur les accoudoirs.

Jasper est assourdi par le vacarme. À chaque coup, il se tapit davantage de peur d'être touché. La sueur dégouline le long de son dos et son pantalon colle au siège. Il tremble tellement que le fauteuil semble se tordre de douleur.

Enfin, M. Tourreau repose la règle sur son bureau, lisse ses cheveux en arrière et éteint la lampe. Il sort d'un tiroir de l'armoire aux archives la fiche au nom de Jasper. Il y note une remarque, et la date.

Jasper reste assis tel un pauvre petit malheureux. M. Tourreau reprend place à son bureau, se penche au-dessus de ses papiers et continue à travailler comme si de rien n'était.

Jasper se sent défaillir et fixe le vide.

– Tu peux partir, annonce le principal, sans lever la tête.

Jasper sort en traînant les pieds, les cheveux collés, aveuglé par la lumière vive entrant par les hautes fenêtres. Un garçon au visage blême s'avance dans le couloir. Il s'arrête quand il aperçoit Jasper.

– Tu reviens de chez Bourreau ? C'était horrible ? demande-t-il en chuchotant.

Jasper acquiesce d'un regard fatigué.

Le garçon pâlit davantage. Les genoux tremblants, il s'approche de la salle des tortures, regarde en arrière, puis frappe doucement à la porte.

– Entrez.

Il jette un regard désespéré à son camarade d'infortune avant d'ouvrir. Jasper s'éloigne.

Jasper s'est juré de ne plus jamais abîmer une table. Désormais, il sera sage et attentif en classe, malgré les cours terriblement ennuyeux de M. Vossen. Parfois, l'envie lui prend de lancer une boulette de papier, mais, en pensant à Bourreau, il se met à suer à grosses gouttes. Si par hasard il passe devant la salle des tortures, il marche instinctivement à pas de loup. Comme si le principal allait sortir de son bureau pour l'attraper et l'asseoir de force sur le fauteuil. Désormais, il se tient tranquille et, au fil des mois, ce pénible souvenir s'efface.

Parfois, dans le couloir, il entend le bruit de la règle cinglant le cuir. Alors, il sait qu'un élève a été renvoyé de cours et que Bourreau s'occupe de lui.

Un jour, un curieux évènement se produit. À la fin du cours, Jasper passe devant la salle des supplices. La porte est fermée, mais il entend M. Tourreau vociférer.

– Bas les pattes ! crie le principal avant de pousser une série de jurons.

Jasper perçoit le bruit sec des coups de règle. *Eh ben, il y en a un qui est en train de morfler !* pense-t-il. Soudain, la porte s'ouvre. Écarlate et agité, M. Tourreau sort de la pièce, le regard hébété.

– Qu'est-ce que tu fiches là ? demande-t-il à Jasper d'un ton hargneux. Dépêche-toi d'aller en cours ! Allez, file !

Jasper prend ses jambes à son cou. Mais, en se dirigeant vers la salle de classe, il s'interroge : *Qui se trouvait donc dans le fauteuil ?* Bourreau avait l'air furieux, mais le plus étrange, c'est qu'il est sorti seul de son bureau. *Il a peut-être tué quelqu'un !* se dit Jasper. *Il est peut-être devenu fou et s'est transformé en meurtrier !*

Pourtant, les jours suivants ressemblent aux précédents. Personne n'est porté disparu et les cours continuent comme d'ordinaire. Jasper finit par oublier l'incident.

Mais un bel après-midi d'été, juste avant les vacances, Jasper s'ennuie désespérément en cours. Au sol, il voit un élastique en forme de huit. Il se tasse un peu sur sa chaise et le ramasse. Il ricane. Devant lui, Walter Stok écoute attentivement le baratin de M. Vossen. La nuque dégagée de Walter a l'air si engageante que Jasper ne peut résister à la tentation.

Devant son pupitre, un livre de géographie à la main, M. Vossen ne s'aperçoit de rien. Jasper enroule l'élastique autour de son index, le tend de l'autre main et vise la tête de Walter. L'élastique s'envole, rate la nuque de son camarade et frôle le livre de géo avant de finir sa course sur le nez de M. Vossen.

Le livre tombe, le professeur pousse un cri et Jasper se frappe le front.

La mort dans l'âme, Jasper traverse le couloir. Quand il approche de la salle des tortures, son cœur bat la chamade. Tous les souvenirs de son dernier passage dans l'antre de M. Tourreau remontent. Il se rappelle aussi le jour où il l'a vu sortir de son bureau en furie, l'air hagard et dans une colère noire.

Jasper voudrait fuir, loin de l'école, loin du principal et du fauteuil. Arrivé devant la porte, il perçoit des bruits. Le claquement de la règle et la voix courroucée de Bourreau. Apparemment, quelqu'un d'autre subit déjà le même sort. *Bourreau va être doublement enragé quand ce sera mon tour !* pense Jasper.

Les jambes flageolantes, il écoute. Le principal crie si fort que Jasper entend tout.

– Bas les pattes ! Au pied ! hurle-t-il.

La règle frappe le cuir à maintes reprises. Un silence. Puis un bruit sourd suivi d'un craquement atroce et, enfin, le hurlement de Bourreau :

– Arrrgh !

Silence complet.

Jasper est blanc comme un linge. Que s'est-il passé ? Pendant plusieurs minutes, il reste immobile.

À l'intérieur, tout est silencieux. Il frappe doucement et attend l'ordre d'entrer.

Pas de réponse.

Jasper frappe un peu plus fort.

Toujours rien.

Il hésite. Puis il prend son courage à deux mains et entrouvre la porte. Une forte odeur animale lui coupe la respiration. Jasper passe la tête par la porte entrebâillée avant de l'ouvrir en grand. Comme d'habitude, la pièce est plongée dans la pénombre. Jasper distingue le bureau de M. Tourreau avec les piles de paperasses. Mais le principal est introuvable. Il n'y a personne !

Ce n'est pas possible, se dit Jasper. Il a pourtant bien entendu la voix de Bourreau. Mais aucune trace de lui. L'odeur est pestilentielle. Le regard de Jasper balaie la salle des tortures et s'arrête sur le fauteuil. Le fauteuil ! Il a été déplacé. Assez loin, même. De l'autre côté de la pièce.

Jasper frémit d'effroi. Une menace inexplicable se dégage du mastodonte immobile. Malgré sa peur, Jasper avance lentement vers lui sans le quitter des yeux.

Au sol, il aperçoit la règle de M. Tourreau. Cassée. Dans le fauteuil, un bouton. Un bouton de la veste du principal ! Jasper n'y comprend rien. Quelque chose bouge, tout au fond du siège.

Jasper se penche. Il recule aussitôt en poussant un cri horrifié. Une main dépasse entre les coussins. Une main aux ongles propres et bien coupés.

C'est la main de Bourreau ! Ses doigts se tordent en spasmes violents.

Abasourdi, Jasper observe la scène. Soudain, une ondulation parcourt le cuir et la main disparaît.

Jasper fait volte-face, terrifié, sort en claquant la porte et décampe à travers le couloir. Les jours suivants, il repense sans cesse au siège avec les accoudoirs lacérés sur lesquels pendant des années le principal a cogné avec sa règle. Jusqu'à ce que le fauteuil ne puisse plus le supporter et…

Le bon sens de Jasper refuse de croire ce qu'il a vu. Les fauteuils n'avalent pas les humains ! C'est impossible !

On n'a plus jamais entendu parler de M. Tourreau, le principal du collège. Personne n'a trouvé d'explication à sa disparition soudaine.

Quelques mois plus tard, son remplaçant a vidé la salle des tortures. Il a offert le siège à un centre d'hébergement pour sans-abris en estimant qu'un solide fauteuil leur serait sans doute très utile !

7

M. Maurice se lève d'un bond. Tellement vite qu'il perd l'équilibre et glisse sous la table. Sa chute est si comique que plusieurs élèves éclatent de rire. Seule Juliette pousse un cri d'effroi.

Onnoval se penche et regarde sous la table.

– Tout va bien, monsieur ? Je ne voulais pas vous effrayer.

Il aide le professeur à se relever et tapote son manteau pour le dépoussiérer.

– Tout va bien, dit M. Maurice en repoussant l'écrivain.

Le professeur est écarlate. Décontenancé, il arrange sa cravate et lisse ses cheveux en arrière.

– Je suis vraiment désolé, s'excuse Onnoval.

– Pas de problème. Je me suis un peu trop laissé emporter par votre histoire, explique M. Maurice.

Il jette un œil sur le siège, mais ne s'y rassoit pas.

– Pauvre professeur. Il est complètement déboussolé, murmure Juliette à l'oreille de Betty. Il doit se sentir ridicule. Quel abruti, cet écrivain !

Juliette est vraiment fâchée. Elle consulte sa montre. Vingt et une heures. Il reste encore une heure. *Ce voyage est interminable !* pense-t-elle. *Ça ne m'amuse plus du tout.*

Tout à coup, le bus fait des embardées. Tout le monde est secoué.

– Qu'est-ce qui se passe encore ? On est où ? crie Jacob.

Michel se lève et traverse l'allée centrale. Il se tient à une barre et regarde dehors par-dessus l'épaule du chauffeur. La pluie ruisselle sur le pare-brise. Les essuie-glaces fonctionnent à plein régime. Les phares projettent une large bande lumineuse devant le bus. Ils roulent sur un chemin de terre. Dans la lumière des phares, d'étranges contours émergent. Un portail, surmonté de pointes acérées, derrière lequel on aperçoit des formes rectangulaires. Des croix ! Soudain, Michel comprend.

– Le cimetière ! crie-t-il. On est sur l'allée qui mène au cimetière !

– Quoi ?

L'exclamation sort de la bouche d'Onnoval. Il se dirige à grands pas vers l'avant du bus en boitant fortement. Les petits os accrochés à son manteau s'entrechoquent bruyamment. Il manque de renverser Michel en se plaçant à côté du chauffeur.

– Tu as perdu la tête, Tados ! Pourquoi changes-tu d'itinéraire ? Je t'ai pourtant dit de rester sur la route. Qu'est-ce qui te prend d'aller faire du cross sur un chemin de terre ?

L'écrivain est hors de lui. Ses yeux lancent des éclairs et sa voix tonne. Tout le monde retient sa respiration.

Le chauffeur garde le silence. Il donne un violent coup de volant. L'autocar continue à cahoter un bon moment avant de retrouver le bitume.

– Bien, Tados, dit l'auteur. Maintenant, tu suis la route, comme prévu, sinon ce sera ton dernier voyage en tant que chauffeur !

Puis il retourne au fond du bus en traînant la patte.

M. Maurice est aussi médusé que les élèves par ce qui vient de se produire.

– Que s'est-il passé, monsieur Onnoval ? Je ne comprends pas très bien.

L'écrivain soupire et lisse ses cheveux. Sa colère est déjà retombée.

– Ah, vous savez, de nos jours, il est très difficile de trouver du personnel compétent. Tados est un brave type, mais têtu comme une mule et un peu sentimental. Dans ce cimetière, plusieurs membres de sa famille sont enterrés. Il voulait profiter de l'occasion pour leur rendre visite.

Le professeur en reste bouche bée.

– Maintenant ? Ce soir ? Alors qu'il transporte plein d'enfants dans son bus ? Quel imbécile !

Onnoval acquiesce :

– Exact. C'est d'ailleurs ce que je lui ai expliqué cet après-midi : « Tu peux aller au cimetière, mais pas pendant les heures de travail ! » Je vous l'ai dit : c'est une tête de mule.

Tout le monde a écouté en silence.

– Tu as entendu ? susurre Alex à Michel. On a un fou au volant.

Michel rigole.

– Je le savais depuis longtemps. Il a gardé toute la soirée ce masque de carnaval sur la tronche !

– J'ai eu une peur bleue ! s'exclame Juliette. J'ai cru qu'il allait foncer dans le portail pour entrer dans le cimetière !

L'auteur secoue la tête, comme si lui aussi était interloqué par le comportement de Tados.

– Conduire sur un chemin de terre alors qu'il pleut à verse ! Dans des flaques de boue ! Savez-vous ce que cela signifie ?

M. Maurice fronce les sourcils.

– Que voulez-vous dire ?

– Ne le savez-vous pas ? demande Onnoval en passant devant la table.

Il prend une botte couverte de boue.

– Vous allez sans doute comprendre après la prochaine histoire. Ce sont deux garçons qui m'ont raconté celle-ci.

Il repose violemment la botte sur la table et cherche dans son livre le récit suivant.

La botte

Markie et Robbie craignent Willie Waterman, dit WéWé, comme la peste. Depuis l'arrivée du garçon dans leur collège, la terreur qu'il leur inspire les poursuit jusque dans leurs rêves. WéWé le sait. Il en est conscient depuis le moment où il a vu les deux amis dans la cour de récréation. Tel un animal, il a senti leur peur. Il a alors compris qu'il avait trouvé deux victimes dociles. Deux garçons qui feraient tout ce qu'il leur demanderait.

Depuis ce jour-là, un gros nuage noir semble flotter au-dessus de la tête de Markie et Robbie. Tous les jours, dès la fin de la classe, ils sortent de l'école en traversant les couloirs à pas de loup. À chaque coin de rue, ils s'arrêtent et regardent anxieusement si WéWé ne les attend pas. Parfois, cela ne l'empêche pas de surgir sans crier gare pour leur jouer de mauvais tours. Il leur tire les cheveux, leur pince les joues et leur écrase les pieds. Quand il juge les avoir assez harcelés, il les menace :

– N'oubliez pas ! Demain, vous m'apporterez un euro ! Sinon…

Puis il leur lance un clin d'œil hypocrite et s'éloigne en ricanant. Rien que ce petit rire donne le frisson à Markie et Robbie.

Quand ils rentrent enfin à la maison, ils se jurent de ne plus se laisser intimider par ce gros lourdaud. Mais le soir, quand ils sont au lit et n'arrivent pas à s'endormir à cause de tous les soucis qu'on peut avoir à cet âge-là, ils voient apparaître dans le noir le visage de WéWé qui fait un clin d'œil. Ils croient alors entendre son rire sarcastique.

Le lendemain, Markie et Robbie apportent donc chacun un euro subtilisé dans le porte-monnaie de leurs parents, en espérant que WéWé les laissera tranquilles. Bien sûr, cet espoir est vain, car il leur réclame de l'argent de plus en plus souvent. Un jour, pour donner plus de poids à ses exigences, il a frappé Markie au visage. Son nez saignait abondamment.

Dès lors, Markie le déteste vraiment.

Pour eux, le seul moyen de fuir le monde oppressant dans lequel ils vivent est de laisser vagabonder leur imagination. Pendant leur temps libre, mais aussi à l'école, ils inventent les histoires les plus folles sur la façon dont ils pourraient se débarrasser définitivement de WéWé. Plus il les harcèle, plus les deux amis échafaudent des plans pour l'éliminer. Ils le balancent dans de profonds précipices, le pulvérisent avec des bombes atomiques, le font dévorer par des monstres préhistoriques ou renverser par des camions ou bien le jettent depuis un avion. À chaque nouvelle idée, ils se sentent un peu plus forts.

– Tu n'as que ce que tu mérites ! crient-ils alors. C'est bien fait pour toi, WéWé !

Jusqu'au moment où WéWé réapparaît en chair et en os en ricanant, avec son clin d'œil habituel. Ils redeviennent alors comme de petits toutous qui exécutent bravement les ordres de la brute.

Un jour, après l'école, Markie et Robbie empruntent l'un des chemins forestiers où ils ont l'habitude de jouer. Il a beaucoup plu. De gros trous remplis d'eau et des flaques de boue parsèment le sentier. Inquiet, Markie s'arrête.

– Que faire ? marmonne-t-il. On ne peut pas continuer, sinon il faudra enjamber tous ces trous.

– Et alors ? On s'en fiche, rétorque Robbie.

Son ami le regarde d'un air étonné.

– Mais tu sais bien qu'ils sont hyper dangereux, Robbie ! Des monstres horribles y vivent. Des esprits, des créatures gluantes nous observent de leur cachette.

Enfin, Robbie entre dans le jeu.

– Bien sûr ! Que je suis bête d'avoir oublié ça !

Leur imagination s'envole de nouveau. Sur la pointe des pieds, ils rasent le bord du chemin, évitant anxieusement toutes les ornières profondes. Quand on les fixe longtemps, on dirait qu'elles vous observent méchamment.

– Regarde ! s'écrie Markie.

Il s'arrête brusquement, le doigt tendu devant lui. Robbie comprend aussitôt. Une mare de boue d'au moins un mètre et demi de diamètre s'étend à quelques pas. Immobile, tel un œil gigantesque les fixant d'un air menaçant. De temps à autre, de grosses bulles remontent à la surface. Comme si une bête noire, cachée sous l'eau, lâchait un énorme rot.

– Tu as vu ? chuchote Markie, impressionné. Celle-là est super dangereuse. Je t'assure ! Si par malheur tu y mets le pied, tu n'en sortiras jamais. Cette flaque est vivante ! Elle attend sa prochaine victime pour l'attirer dans les profondeurs.

Ils se regardent avec la même idée en tête : Willie Waterman ! Ils viennent de trouver une nouvelle manière d'éliminer WéWé.

Ils concoctent un plan extraordinaire. Existe-t-il meilleure vengeance ? Attirer WéWé vers cette flaque horrible, directement dans les griffes d'un monstre de boue ! Plus ils y réfléchissent, plus l'idée leur paraît géniale. Ils imaginent déjà la scène.

– On va le faire ! s'exclame Markie.

– Quand ? demande Robbie.

– Demain. Après les cours, répond Markie.

En un seul coup d'œil échangé, ils comprennent que, cette fois, c'est sérieux.

Le lendemain, à la sortie du collège, ils attendent dans la cour, le cœur battant. Dès que WéWé passe la porte, il les repère et s'avance tranquillement dans leur direction. Les deux amis commencent à trembler.

– Alors, les mauviettes ? Vous ne vous sauvez pas en me voyant ? Ça tombe bien, parce que j'ai besoin d'argent !

Écarlates, Markie et Robbie se regardent.

– Pas question ! crie soudain Markie. On ne te donnera plus rien, sale brute !

L'air stupéfait de WéWé est presque drôle. Puis il se ressaisit et s'élance vers les deux garçons. Mais ils ont prévu le coup et s'enfuient comme si leur vie en dépendait. Derrière eux, les bottes de WéWé résonnent sur les pavés. Il vocifère et les traite de toutes sortes de noms d'oiseaux qu'on ne trouve dans aucun dictionnaire. Mais Markie et Robbie ne ralentissent pas. En arrivant près du chemin forestier secret, ils continuent à courir. Soudain se dessine devant eux la flaque de boue. Complices, ils la contournent et s'arrêtent de l'autre côté.

WéWé hésite, surpris que les deux amis s'immobilisent si subitement.

– Je vous tiens, sales morveux ! aboie-t-il. Vous êtes sûrement trop fatigués pour continuer la course. Ha ha ha !

– Pas du tout ! crie Markie. Espèce de raté ! Tu ne peux pas nous attraper, à cause de cette flaque !

Rouge de colère, WéWé avance. Il fonce vers Markie et Robbie comme un taureau enragé. Il s'engage dans la boue avec ses grosses bottes… et se met à hurler.

Sous les yeux des deux copains, WéWé s'enfonce dans la vase. La petite mare produit de gros bouillons. WéWé pousse des jurons. Une jambe coincée, il tente de bloquer l'autre derrière la racine d'un arbre, mais la botte glisse. Il perd l'équilibre et s'étale de tout son long.

– Bien fait pour toi ! crient Markie et Robbie. Maintenant, c'est l'esprit de la flaque qui t'a piégé !

Tandis que WéWé se débat, les deux amis rentrent chez eux en courant. Au loin, les cris de WéWé faiblissent de plus en plus.

– Et voilà ! On l'a bien eu ! s'exclame Markie en donnant une tape amicale sur l'épaule de Robbie.

Le lendemain, WéWé n'est pas à l'école.

– Il doit avoir terriblement honte, dit Markie.

Mais les jours suivants, toujours pas de WéWé. À la fin de la semaine, leur professeur annonce que Willie Waterman est porté disparu depuis quelques jours. Quelqu'un l'a-t-il aperçu ?

Les deux amis gardent le silence. Ils se consultent après les cours. La disparition de WéWé aurait-elle un rapport avec leur plan ? WéWé serait-il si mal qu'il n'ose plus venir au collège ?

– Penses-tu qu'il y avait vraiment un monstre dans la flaque ? demande Robbie. C'était juste une invention de notre part, non ?

Markie lui lance un drôle de regard. Ils décident de se rendre dans la forêt.

La flaque de boue est toujours aussi grande, mais à présent, sous le soleil, elle est d'un noir brillant.

– Regarde ! Là-bas ! s'écrie Markie.

Près d'un tronc se trouve une botte. La botte de WéWé ! Un pressentiment désagréable envahit les deux garçons. Aucun bruit. À part celui du vent soufflant dans les arbres.

Soudain, la flaque émet un gargouillis. Robbie blêmit et s'agrippe à Markie. Une main noire de boue sort de la flaque et saisit une racine. Des cheveux apparaissent. Puis des yeux. Tout doucement, couvert de bave et de vase, WéWé se hisse hors de l'eau. Markie et Robbie se figent. Ils ne peuvent en croire leurs yeux. WéWé attrape sa botte et se chausse. Il se tourne vers les deux garçons avec son rire sarcastique habituel.

– Ha ha ha !

Un instant, ils pensent à une mauvaise blague de la part de WéWé. Peut-être s'est-il caché pendant plusieurs jours avant de s'immerger dans la flaque en les entendant arriver. Pour leur donner la frousse de leur vie. Tout à coup, entre les feuillages, un large rayon de soleil illumine WéWé. Markie et Robbie hurlent d'effroi.

WéWé est transparent ! Derrière lui, ils voient les arbres et les arbustes comme s'il n'était pas là. Willie Waterman se redresse et avance lentement vers eux, translucide comme une vitre. En poussant un cri d'horreur, les garçons se retournent et se sauvent à toutes jambes. Ils dévalent le chemin forestier. Le rire de WéWé semble les poursuivre, résonnant et sifflant autour d'eux. Le bruit ne cesse qu'au moment où ils sortent de la forêt. Mais ils continuent leur course folle jusqu'à la maison. Le lendemain, Markie et Robbie ne sont plus très sûrs de la réalité des évènements. Tout cela serait-il le fruit de leur imagination ? Au collège, on affirme que Willie Waterman a tout simplement déménagé. Mais, depuis ce jour-là, Markie et Robbie évitent les flaques de boue. Aussi petites soient-elles !

8

Tous fixent la botte avec dégoût, comme si un esprit allait en sortir d'un moment à l'autre.

– Je n'oserai plus jamais marcher dans la boue, dit Alex.

– Moi, si, fanfaronne Michel. Je sauterai même à pieds joints dans n'importe quelle flaque. Tout ça, c'est de la foutaise.

– C'est vraiment la botte de Willie Waterman ? demande Joris, la peur au ventre.

Onnoval secoue la tête.

– Non, dit-il en soulevant la botte des deux mains.

La boue qui la recouvre a séché et a formé une croûte brunâtre.

– Celle-ci, je l'ai extirpée cet après-midi d'une flaque près de votre école. Réfléchissez bien avant de taper du pied dans la gadoue !

En prononçant ces paroles, il adresse un regard significatif à Michel.

– N'importe quoi, rétorque Michel. Il l'a sûrement achetée à la boutique du coin avant de l'enduire de boue.

Alex a l'impression que Michel est quand même un peu déstabilisé, mais qu'il ne veut pas l'admettre.

Onnoval repose la botte.

– Excusez-moi, mais j'ai la bouche sèche à force de lire à haute voix.

Il se dirige vers l'avant du bus. Son pied droit traîne. Près de l'entrée, l'écrivain sort un verre d'eau minérale d'un petit frigo. Il boit en regardant dehors. La pluie a cessé. Des nuages passent à toute allure devant la pleine lune. Au volant, Tados reste silencieux.

– Ça te plaît toujours ? demande Annabel à Lise. Ces histoires me glacent. J'ai tout le temps envie de jeter un coup d'œil par-dessus mon épaule pour voir s'il n'y a rien de louche.

Elle se retourne. À travers la vitre teintée qui les sépare du chauffeur, elle aperçoit le dos de Tados.

– Le chauffeur aussi est bizarre, chuchote-t-elle. Il ne dit rien et garde ce masque débile. Et puis le coup du cimetière !

Lise ne répond pas.

Elle observe un endroit sous la fenêtre. Quelque chose bouge. Une grosse araignée velue monte lentement. Annabel porte la main à sa bouche. Après Mark Lendeker de cinquième, les araignées sont les créatures les plus terrifiantes au monde. Pétrifiée, elle fixe les pattes de celle-ci, qui avance.

Lise ouvre son sac. Elle en extirpe un pot en verre. Elle dévisse tranquillement le couvercle. D'un mouvement rapide, elle attrape l'araignée et la fourre dans le bocal avant de le refermer. Elle examine la bestiole, puis range le pot sous son siège.

Médusée, Annabel observe Lise.

– Tu n'es pas morte de trouille ?

Lise hausse les épaules. C'est presque un tic chez elle. Un geste signifiant que rien n'a d'importance.

– Pourquoi ? Je savais que j'avais un pot en verre dans mon sac. Attraper une araignée n'a rien de sorcier.

Annabel n'en revient pas.

– Qu'est-ce qu'il y a d'autre dans ton sac ? Un épluche-légumes, une lampe de poche, un mouchoir, un bocal. Quoi d'autre ?

Lise hausse de nouveau les épaules.

– Ben, simplement des choses qui peuvent servir. Comme je suis souvent seule à la maison, je dois être préparée à tout.

Pensive, Annabel croque dans sa pomme. Difficile de cerner Lise, mais, ce soir, elle est étonnante !

Soudain, Annabel sursaute. Sans qu'elle l'ait remarqué, Onnoval s'est posté à côté des deux fillettes. Il leur sourit aimablement. Un sourire qui donne des frissons à Annabel.

Betty a une nouvelle crise d'éternuements.

– Il me semble que tu as retrouvé mon animal favori ! dit l'écrivain à Lise. Veux-tu bien me le rendre ?

Lise hausse encore les épaules. Sans regarder l'auteur, elle lui donne le bocal.

– Lise a capturé l'araignée-loup ! s'exclame Pierre, admiratif.

Tous se retournent et dévisagent Lise.

– Quel courage ! murmure Juliette.

Alex donne un coup de coude à Michel.

– Toi qui pensais qu'il n'y avait pas d'araignées ! Tu n'as pas affirmé que les écrivains mentaient toujours ?

Nonchalant, Michel hausse les sourcils.

– Et alors ? En tout cas, tout le reste de ce qu'il raconte est inventé.

Mais si c'était vrai ? se dit Alex. *Le monstre du babyphone, les tableaux maléfiques, les esprits et les flaques de boue ? Et le fauteuil du professeur, serait-il réellement...*

Onnoval fait tourner le bocal entre ses mains, juste devant le visage d'Annabel. Avec ses pattes velues, l'araignée s'agrippe au verre.

– Ah, te voilà enfin, Klara ! Tu m'as tellement manqué !

Annabel ne veut pas la voir. Elle s'enfonce dans son siège.

– Qu'y a-t-il, petite ? demande l'auteur, étonné. Tu as peur de Klara ?

Annabel hoche la tête.

Onnoval cache vite le pot derrière son dos.

– Il fallait me le dire ! Pourquoi ces petites bêtes t'effraient-elles autant ?

Annabel rougit.

– C'est à cause d'une lettre.

– D'une lettre ? Comment ça ?

Penaude, Annabel commence à raconter. Tout le monde l'écoute.

– En fait, ce n'était pas une vraie lettre, mais une enveloppe que quelqu'un m'a envoyée. Quand je l'ai ouverte, une araignée en est sortie.

Des cris d'indignation fusent dans le bus. Ici et là, on entend aussi quelques rires étouffés.

– Tu ne m'en as jamais parlé, Annabel ! s'exclame Juliette. Quelle horreur ! Qui t'a fait une crasse pareille ?

– Mark Lendeker, ce sale type de cinquième.

Rien qu'en y repensant, Annabel est encore rouge de colère.

– Ce Lendeker est un vrai crétin, intervient M. Maurice. Je m'occuperai de lui, Annabel. Ces blagues ne doivent pas rester impunies.

Onnoval se gratte la lèvre.

– En effet, ce n'est pas très gentil. Mais ça me donne une idée amusante pour une nouvelle histoire. Je l'utiliserai peut-être une prochaine fois.

Comme si cet incident lui rappelait quelque chose, il regarde les objets exposés sur la table. Il retourne vite à l'arrière du bus, pose le bocal contenant Klara et attrape une grosse boîte en carton. *Construisez votre propre squelette*, est-il inscrit sur le côté. Sur le devant, une tête de mort sourit.

– Cool ! dit Michel en se redressant sur son siège.

Il est amateur de maquettes d'avions et les jeux de construction n'ont pas de secrets pour lui.

L'écrivain caresse le carton avant de le reposer et de saisir son livre. La pluie tambourine de nouveau sur le bus et contre les fenêtres. M. Maurice bâille. Il est toujours debout et commence à fatiguer, mais il n'ose plus s'asseoir dans le fauteuil depuis qu'il a entendu l'histoire d'Onnoval.

– Le courrier nous réserve parfois de drôles de surprises. En témoigne le récit d'Annabel, dit l'auteur. Dans l'histoire que je vais vous raconter maintenant, quelqu'un reçoit une boîte de modélisme semblable à celle-ci.

– Il y a aussi quelque chose dans la vôtre ? demande Michel.

– Non, celle-ci est vide, mais cela n'a aucune importance. Il s'agit du contenu de la boîte de l'histoire suivante. Écoutez-moi bien.

Le jeu de construction

Martin colle avec une extrême minutie la dernière partie de la queue de sa maquette de dinosaure : un T-Rex. Sous la lumière de la lampe de bureau, ce roi des tyrannosaures a vraiment l'air féroce. *En tout cas, pour une fourmi, ce modèle de vingt centimètres de haut doit être vraiment effrayant*, se dit-il.

Il s'étire, se penche en arrière sur sa chaise et examine son œuvre d'un air satisfait. Il ne lui reste plus qu'à la peindre avant de l'exposer sur l'une des étagères fixées contre le mur de sa chambre. Des rayonnages remplis d'animaux préhistoriques, de squelettes d'oiseaux, d'avions et de bateaux qu'il a construits.

Martin adore les maquettes. Depuis son plus jeune âge, il se passionne pour les boîtes pleines de pièces avec lesquelles on peut fabriquer, grâce à un peu d'habileté et beaucoup de patience, des modèles presque plus vrais que nature. Petit à petit, ce loisir s'est transformé en véritable hobby occupant tout son temps libre. Parfois, il travaille tard dans la nuit pour assembler les derniers minuscules éléments en plastique. La satisfaction de terminer une maquette est si grande qu'il se fiche pas mal que les gens le trouvent un peu bizarre. À présent, il est adulte et ne vit plus chez ses parents. Il n'a donc plus de comptes à rendre à quiconque et peut se consacrer entièrement à son passe-temps favori.

Au moment où il s'apprête à saisir sa boîte de peinture, la sonnette retentit. Il regarde sa montre. Dix-sept heures trente.

Qui cela peut-il bien être ? Sa passion ne lui laisse guère le temps d'avoir des amis, et il imagine mal quelqu'un lui rendre visite à l'improviste. Il ouvre la fenêtre et regarde en bas. En cette fin d'automne, la rue est plongée dans l'obscurité. Des feuilles mortes voltigent dans tous les sens. Une voiture rouge, moteur allumé, est garée le long du trottoir.

– Oui ? crie Martin à la silhouette postée devant l'entrée.

– J'ai un colis pour vous, jeune homme.

Il reconnaît le facteur à sa casquette. L'homme porte un immense paquet cubique.

Étonné, Martin sort de son appartement, descend l'escalier, traverse le hall sombre et ouvre la porte. Peu après, tout essoufflé, il est de retour chez lui avec le gros colis, plus lourd qu'il ne le pensait. Il est curieux d'en découvrir le contenu.

Sur l'emballage, outre son nom et son adresse, figure un tampon de la poste anglaise. Martin ne voit pas d'autre indication. *L'Angleterre ?* se demande-t-il. Vite, il coupe la ficelle avec son couteau à cran d'arrêt et déchire le papier marron. Il découvre un carton sur lequel est collée une enveloppe contenant un court message : *Conformément au testament de M. Angus Brubaker, dix ans après son décès, cette boîte de modélisme devient la propriété de son neveu, M. Martin Zangvogel.*

La lettre, venant d'un notaire à la signature illisible, est datée du 23 septembre 1990.

Interloqué, Martin fixe le nom : Angus Brubaker ! Son oncle, mort dix ans auparavant. Il l'avait oublié depuis longtemps. Les souvenirs qui remontent à présent sont loin d'être agréables ! Oncle Angus était un homme exécrable. Martin se souvient d'un évènement en particulier.

Il avait environ huit ans lorsque la famille reçut la visite de l'oncle Angus. Le riche tonton d'Angleterre. Pour une raison inexplicable, Martin le détesta au premier regard. Sans doute ce sentiment était-il réciproque, car oncle Angus réussit à persuader les parents de Martin de mettre un terme aux stupides activités de modélisme de leur fils.

– Un gamin de huit ans qui reste toute la journée dans sa chambre à fabriquer de drôles de trucs se coupe du monde et deviendra plus tard un raté, leur dit-il. Je ne comprends pas que vous ne réagissiez pas. Envoyez-le jouer dehors, laissez-le taper dans un ballon et se faire des amis. Sa chambre ressemble à un château hanté. Regardez-moi ça : des figurines de Dracula et de Frankenstein, des chauves-souris, des squelettes… Ce n'est pas bon de vivre dans un tel environnement !

Et, à la grande stupéfaction de Martin, oncle Angus balaya d'un geste tous les modèles réduits de son bureau. Sa consternation fut encore plus grande lorsqu'il se rendit compte que ses parents, hésitants dans un premier temps, finirent par lui donner raison. C'était à peine croyable, mais son influence avait pris de telles proportions, qu'ils interdirent même à Martin d'acheter de nouveaux jeux de construction. Pire encore, le soir même, son père mit tous ses modèles réduits dans un sac poubelle, qu'il jeta dans un conteneur.

– Désormais, c'en est fini des enfantillages, Martin. À partir de maintenant, tu vas te consacrer à des occupations saines et studieuses, comme tous les enfants raisonnables. Heureusement qu'oncle Angus nous a mis en garde à temps ! Il s'y connaît. C'est l'homme le plus riche de la famille. Celui qui a le mieux réussi d'entre nous tous !

Martin était tellement abasourdi que, pendant une semaine, il ne dit plus un mot. Mais il préparait sa vengeance.

Oncle Angus retournerait bientôt en Angleterre, et Martin avait l'intention de mettre son plan à exécution avant qu'il parte.

Oncle Angus était venu aux Pays-Bas pour acheter des objets d'art. Après avoir visité bon nombre de galeries, il avait finalement fait l'acquisition d'un tableau de grande valeur lors d'une vente aux enchères à Amsterdam. La toile portait la signature d'un peintre de renom, Salvador Constantijn, et avait coûté 100 000 euros. Oncle Angus, très fier de son achat, pensait que dépenser une telle somme pour un tableau était la chose la plus naturelle au monde.

La nuit même, Martin sortit de son lit sans bruit et se dirigea vers la chambre d'amis où dormait l'oncle. Il marchait sur la pointe des pieds, de peur de le réveiller. Mais oncle Angus ronflait comme un bienheureux. Martin réussit à retirer le tableau caché sous le lit et l'emporta dans le salon au rez-de-chaussée. À l'aide d'un couteau à pain, il enleva la toile du cadre. Puis, avec des ciseaux, il la coupa en mille morceaux qu'il rassembla dans une boîte en carton, sur laquelle il écrivit :

Maquette pour amateurs d'art
Construisez votre propre tableau
avec cet extraordinaire jeu de construction.

Il rapporta le cadre et la boîte dans la chambre d'amis et les glissa sous le lit de l'oncle Angus endormi. *Demain, il va avoir une belle surprise !* pensa Martin en gloussant, de retour dans son lit.

Même maintenant, Martin en sourit encore en y repensant. Le lendemain matin, en découvrant le méfait, l'oncle entra dans une colère noire.

Ce jour-là, Martin ne fit que l'entrapercevoir : son oncle n'était plus que l'ombre de lui-même ! Le visage aussi blanc qu'un linge, il était tassé comme si, sous sa peau, son squelette s'était affaissé. En croisant Martin, il lui jeta un regard plein de haine et d'envie de meurtre. Il partit le jour même, sans dire un mot. Un homme brisé. Il avait donné la boîte contenant les morceaux du tableau aux éboueurs. Bien sûr, Martin fut puni par ses parents — plus d'argent de poche pendant six mois, pas de vacances —, mais cela lui était égal. Sa vengeance lui procurait une telle satisfaction, qu'il en acceptait les conséquences. Peut-être oncle Angus comprenait-il maintenant le mal qu'il lui avait fait ? Quelques mois plus tard, ils reçurent un message d'Angleterre annonçant qu'oncle Angus était décédé d'une crise cardiaque.

Aujourd'hui, dix ans après, Martin se retrouve devant une immense boîte, héritée de ce même oncle.

Étrange, pense-t-il. Sur son lit de mort, oncle Angus aurait-il eu des remords d'avoir traité son neveu avec tant de méchanceté ? Possible. Mais alors pourquoi Martin ne reçoit-il ce cadeau qu'au bout de dix ans ? Il a du mal à comprendre. Il hausse les épaules et examine le carton. Vu les dimensions, ce modèle pourrait constituer une belle pièce pour sa collection. Que représente-t-il ? Martin soulève le couvercle et regarde à l'intérieur.

– Waouh !

Il siffle entre ses dents d'étonnement. Son cœur s'emballe d'excitation. Il y aura du boulot ! C'est une maquette de squelette. Les os et les côtes sont bien alignés, enfermés dans du plastique. Il reconnaît aussi la partie supérieure d'un crâne à côté d'une mâchoire inférieure.

Fantastique ! C'est un squelette grandeur nature, comme il y en avait autrefois à l'école dans le local de SVT. Ils étaient en fibre de verre, ou une matière de ce genre, mais on aurait dit des vrais ! À l'époque déjà, il espérait trouver un jour un jeu de construction pour assembler lui-même une telle structure. Et maintenant oncle Angus, ce bon et merveilleux oncle mort, a fait en sorte que son rêve se réalise enfin. Martin trépigne d'impatience, pressé de se mettre au travail.

Nuit blanche garantie ! se dit-il. En sifflotant, il commence à sortir les os de leur emballage. Il pose toutes les pièces devant lui pour les attraper plus facilement. Quand tous les morceaux sont étalés par terre, il remplit la cafetière à ras bord et avale rapidement quelques tartines qu'il fait passer avec plusieurs gorgées de café. Puis il attaque la construction.

Au coin de la fenêtre, la lune l'épie. Concentré, les yeux plissés, il travaille inlassablement. Avec la dextérité acquise grâce à de nombreuses années d'expérience, il assemble les différentes pièces l'une après l'autre, utilisant ici et là du fil de fer. Il relie les vertèbres de la colonne vertébrale, qu'il attache ensuite aux deux parties du bassin.

– Ce matériel est d'une qualité extraordinaire, murmure-t-il. On dirait du vrai os.

Il soulève le crâne et l'examine sous tous les angles.

Incroyable qu'on puisse fabriquer des choses pareilles ! pense-t-il. Pour augmenter encore la ressemblance, on a même mis de la peinture dorée sur l'une des incisives. Comme si le squelette avait réellement appartenu à quelqu'un. Les concepteurs de ce jeu de construction ont le sens de l'humour !

Mais cette dent en or lui rappelle quelque chose. Il réfléchit, mais ne se souvient pas. Enfin, cela n'a pas d'importance. Il attache le crâne aux vertèbres cervicales, puis se lève en poussant un soupir.

– Terminé !

Le squelette est allongé sur le sol et brille sous les rayons de la lune.

Satisfait, Martin contemple son œuvre. *Il faudra juste trouver une solution pour le suspendre*, pense-t-il. *Ou peut-être renforcer sa colonne vertébrale pour qu'il puisse tenir debout à côté de la porte. Ce serait une belle surprise pour les visiteurs !*

En rigolant, il va dans son coin-cuisine, s'assoit sur un tabouret de bar et se verse le reste de café dans un mug. Il boit une gorgée en grimaçant. Le breuvage est froid. Il consulte sa montre : presque minuit ! Il a bricolé pendant plus de six heures. Mais ça en valait la peine. Pensif, il regarde le squelette par-dessus sa tasse. La dent couleur or scintille. Martin fronce les sourcils. *Mais qui donc avait une dent comme celle-là ?* se demande-t-il.

Soudain, il se souvient : mais bien sûr, c'était oncle Angus ! Martin éclate de rire. Quel hasard ! Trop beau pour être vrai ! *C'est peut-être même lui qui l'a peinte en doré pour que je ne l'oublie pas*, pense-t-il.

Il se dirige vers le squelette, les jambes flageolantes de fatigue, et porte la main à son front en signe de salut.

– Je viens de te trouver un nom, cher ami. Désormais, tu t'appelleras Angus.

La tête de mort l'observe avec une grimace silencieuse.

– Je vais me coucher, Angus, dit Martin. Demain, je te mettrai debout. Maintenant, je suis trop épuisé.

Il veut se retourner, mais s'arrête brusquement. C'est quoi, ça ? Il a l'impression que l'un des bras a changé de position. Il les avait pourtant placés le long de la cage thoracique. Mais, à présent, le bras droit forme un angle de 90 degrés.

Martin secoue la tête. *C'est impossible. Je dois me tromper. C'est moi qui ai dû le plier.* Il bâille, éteint la lumière et, tout habillé, se laisse tomber sur son lit. Satisfait, il jette un dernier coup d'œil au squelette, allongé par terre.

– Bonne nuit, Angus, dit-il en se tournant sur le côté.

Tout à coup, il est réveillé par un bruit de crécelle. Ivre de sommeil, il se redresse dans son lit.

Quel idiot fait un tel boucan en pleine nuit ? se dit-il. *Les éboueurs passent-ils déjà pour vider les poubelles ?*

Le vacarme recommence. Ça ne vient pas de l'extérieur. Martin se frotte les yeux, pousse un cri horrifié et recule contre le mur.

Au milieu de la pièce se tient Angus, les jambes tremblantes. Ses bras pendouillent le long de son corps et sa tête bouge par saccades, comme celle d'un zombie.

– Angus ! s'exclame Martin.

Et, malgré sa peur immense, il comprend soudain :

– Oncle Angus !

Les os s'entrechoquent. Les bras tendus, le squelette se jette en avant.

Martin hurle. Vite, il roule de son lit et évite de justesse les bras du squelette. Angus tombe et atterrit sur le lit.

Martin s'éloigne à quatre pattes. Angus se redresse et le fixe. Une lueur semble briller dans ses orbites vides. Angus avance de nouveau vers Martin, qui se relève d'un bond et s'enfuit dans sa kitchenette. Paniqué, il regarde autour de lui, attrape le tabouret et le brandit au-dessus de sa tête. Il se retourne. Angus se tient juste derrière lui. Sa main osseuse s'élance et se referme autour du cou de Martin.

Il est pris dans un étau. Il étouffe. Des taches sombres apparaissent devant ses yeux. Sentant sa vie en danger, il assène un coup de tabouret sur la tête de mort grimaçante. Le crâne se détache des vertèbres cervicales et s'abat avec fracas contre les étagères où sont rangés les animaux préhistoriques. Le rayonnage vacille et le T-Rex se brise en tombant sur le sol. Un iguanodon et un brachiosaure dégringolent aussi. Martin ne le remarque même pas. La pression autour de son cou a diminué, mais la main ne l'a pas lâché.

Martin lève le tabouret de nouveau et frappe la cage thoracique. C'est un succès : le sternum se casse en deux. Les côtes et les os volent dans tous les sens. La main lâche Martin et le squelette s'écroule.

Tremblant de tout son corps, Martin s'appuie contre le mur en haletant. Il passe la main sur son cou. Lorsqu'il s'est calmé, il allume la lumière. Livide, il fixe les os éparpillés dans la chambre.

La tête de mort gît sur le sol devant les étagères, parmi les morceaux de maquettes.

Les coups portés ont décollé les dents de la mâchoire. Elles ont roulé partout : l'incisive en or est près de la plinthe sous la fenêtre. Lorsque Martin veut la ramasser, elle glisse sous le parquet par une fente entre les planches.

Martin rassemble les ossements, les côtes et le crâne, et les fourre dans un sac en plastique. Il ouvre la fenêtre et le jette à côté des poubelles. Le lendemain, il donne le reste de sa collection de modèles réduits à un éboueur. Il ne veut plus jamais entendre parler de maquettes !

9

– On dirait mon oncle ! lance Jacob. Il a aussi une dent en or. J'espère qu'il sera incinéré quand il sera mort !

Tous éclatent de rire. Un rire un peu nerveux. Il est déjà tard et, au fur et à mesure que la soirée avance, les évènements qui se déroulent dans les histoires semblent moins invraisemblables. Alex jette un œil méfiant à la boîte vide de l'auteur.

Je me demande où est passé le contenu du carton, pense-t-il.

– Imagine qu'un squelette ambulant surgisse soudain au coin de la rue quand je vais rentrer chez moi, chuchote Betty.

Elle éternue trois fois d'affilée.

– J'ai envie d'un bonbon à la menthe, dit Annabel. J'ai un mauvais goût dans la bouche à cause de toutes ces horreurs.

Elle ne s'étonne même plus de voir Lise sortir un rouleau de pastilles à la menthe de son sac à main.

Onnoval se lève et s'étire. Ses articulations craquent bruyamment. Il bascule la tête en arrière et la roule de gauche à droite. Sur son cou et son menton, on voit des traces de barbe mal rasée.

– Certains visages semblent bien pâles, remarque-t-il. J'imagine que vous commencez à vous sentir mal à l'aise en compagnie d'un drôle d'oiseau comme moi.

– Je veux aller aux toilettes, dit Pierre.

L'auteur sourit.

– Essaie de te retenir encore un peu. Il n'y en a plus pour longtemps. Notre voyage à bord du bus de l'horreur se termine bientôt. On peut déjà relever les stores.

Il tire sur une ficelle et tous les petits rideaux s'ouvrent instantanément. Derrière les fenêtres ruisselantes de pluie apparaît une nuit noire.

Alex est fatigué. Il dort à moitié. En tournant la tête à gauche, il découvre un visage lugubre qui le regarde entre les gouttes sur la vitre. Il pousse un cri d'effroi et saute presque sur les genoux de Michel. C'est alors seulement qu'il comprend que c'est son propre reflet.

Michel le repousse sans ménagement.

– Tu es ridicule !

– Je… j'ai cru voir un esprit, se justifie Alex. C'est à cause de la pluie, et c'est tellement sombre ici.

– Que se passe-t-il ? demande Onnoval.

– Alex voit des fantômes ! crie Joris. Des fantômes sous la pluie !

Quelques élèves commencent à rire, mais d'autres affichent un air inquiet et scrutent l'obscurité au dehors.

Le visage sérieux, l'écrivain ne rigole pas. Il se gratte la jambe puis le bras.

– Ce n'est pas la peine de vous moquer d'Alex. Rien n'est impossible. C'est ce que j'essaie de vous expliquer avec mes histoires. La nuit, on peut rencontrer d'étranges créatures.

Il se gratte le cou et la nuque. Ses grattements sont perceptibles jusqu'au fond du bus.

– Il a peut-être des puces, suggère Annabel en pouffant. Tu n'as pas par hasard un produit antipuces dans ton sac, Lise ?

Sans sourciller, Lise sort un aérosol de sa besace.

– Mais non, range ça ! C'était juste pour rire.

Stressée, Annabel regarde Onnoval, assis sur la table. Pourvu qu'il ne l'ait pas entendu !

Heureusement, l'auteur ne s'est aperçu de rien. Pensif, il fixe les dessins bizarres formés sur la vitre.

– De la pluie, dit-il, plus à lui-même qu'à ses auditeurs. De l'eau. Parfois, les choses les plus étonnantes peuvent surgir de l'eau. Prenons la mer, par exemple. Elle cache beaucoup de secrets.

Il tend le bras vers le dernier objet sur la table : un morceau de bois rongé par le temps, recouvert d'une pellicule dorée écaillée.

– C'est une partie d'une figure de proue. Jadis, la plupart des navires étaient décorés avec une sculpture, fixée à l'avant du bateau. En général, elle représentait une femme.

Onnoval se gratte le menton.

– Quand vous aurez entendu son histoire, vous verrez la mer d'un autre œil.

M. Maurice consulte sa montre. Il est neuf heures et demie.

Le morceau de bois

La figure de proue représentant une sirène est clouée sur un poteau planté entre les bungalows de plage d'une petite station balnéaire. Ses seins en bois pointent fièrement en avant. Sur son visage souriant, altéré par les intempéries, on distingue encore ses lèvres peintes. Ses yeux bleus scrutent le lointain : la mer cachée derrière les maisonnettes.

De petits voyous ont barbouillé la sculpture et écrit des gros mots avec des bombes de peinture. Mais cela ne semble pas déranger la sirène. Son regard imperturbable fixe la mer invisible. Des mouettes crient dans le ciel. Portées par le vent, elles volent au-dessus du roulis des vagues s'échouant bruyamment sur le rivage. Il est encore tôt. L'endroit est désert. La marée a effacé les traces de pas des baigneurs de la veille. Ici et là flottent des drapeaux colorés attachés à de hauts piliers. Les cabanes sont vides. La saison estivale touche à sa fin.

Au sommet de la dune apparaît un chien à poils longs, suivi par Sandra, une fillette d'une douzaine d'années. Elle court derrière lui et descend l'escalier en pierre brute menant à la grève.

– Va chercher, Panda. Va chercher ! crie-t-elle en lançant une branche.

Aboyant de plaisir, le chien fonce sur le bâton, le saisit entre ses mâchoires et le rapporte à sa maîtresse. Il le pose à ses pieds et s'assoit, haletant, en attendant qu'elle l'envoie de nouveau.

Elle s'arrête un instant, pousse ses cheveux sur le côté et regarde la plage vide. Au loin, elle découvre une chaise longue abandonnée, renversée par le vent. On entend le mugissement de la mer, les cris des mouettes et le claquement des drapeaux. Les cordages des drapeaux cliquettent avec régularité contre les mâts : *tchac-tchac-tchac*.

Sandra relance le bâton et avance sur le rivage. Elle aime la solitude et le silence, intensifiés par le vacarme des oiseaux et le bruissement de la mer. Panda court derrière le bout de bois. Soudain, il s'immobilise. Il renifle le sable mouillé et grogne. Puis il gémit d'impatience en fouillant le sol.

Qu'est-ce qu'il a encore trouvé ? pense Sandra. *Une méduse échouée ?*

Le vent projette du sable sur son visage. Elle s'approche de son chien. Panda pleure doucement et renifle toujours au même endroit. Sur sa truffe noire, le sable a dessiné une tache blanche.

– Hein ? C'est quoi, ça ? marmonne Sandra.

Étonnée, elle se penche. Devant elle, des marques de pas vont vers la mer. Mais quelque chose ne tourne pas rond. Sandra se gratte la tête. Tout à coup, elle se rend compte de la singularité de ces traces. Elles ne se dirigent pas vers la mer, elles en reviennent ! D'énormes pas partent de la mer, traversent la plage et disparaissent derrière les bungalows.

Étrange, pense Sandra. *Quelqu'un semble être sorti de l'eau sans être passé par la plage auparavant.* Elle scrute l'horizon. Aucun bateau en vue. Seraient-ce les traces d'un nageur venu d'un autre rivage ? Cela lui semble peu probable. Les empreintes ont visiblement été laissées par des chaussures ou de grosses bottes. Quelle idée d'aller nager avec des bottes !

C'est vraiment bizarre, se dit Sandra.

Le chien la regarde en geignant, la queue entre les pattes de devant. Sandra frissonne. Il y a quelque chose qui cloche. Panda semble le sentir aussi.

– Viens, Panda, dit Sandra. Je voudrais bien savoir où mènent ces traces.

Elles zigzaguent. Comme si la personne qui les avait laissées titubait. *Fatiguée, ou même ivre*, pense Sandra.

Elle arrive près des cabanes. Désertes et fantomatiques, à l'image des maisons vides d'un village après une terrible catastrophe. Soudain, Sandra se rend compte qu'elle est seule avec Panda. *Tchac-tchac-tchac*. Le cliquetis des cordes contre les mâts et le claquement des drapeaux dans le vent commencent à mettre ses nerfs à rude épreuve. Panda grogne et se colle à la jambe de sa maîtresse.

– Calme-toi, Panda, chuchote-t-elle.

À pas de loup, elle passe devant la première maisonnette et jette un coup d'œil derrière. Personne.

Tchac-tchac-tchac.

Les traces passent derrière les bungalows avant de disparaître en haut d'une dune. Sandra longe les cabanes. *Tchac-tchac-tchac.*

Soudain, un bruit assourdissant résonne ! Elle a tellement peur que ses cheveux se dressent sur sa tête.

Puis elle découvre l'origine du vacarme. C'est une fenêtre qui, agitée par le vent, s'ouvre et se ferme sans cesse en claquant.

Mais il n'y a personne. La traînée de pas s'éloigne en serpentant. Sandra la suit, Panda dans son sillage. Ils escaladent la dune, où se trouve une nouvelle rangée de maisonnettes.

Tchac-tchac-tchac.

Soudain, Panda se met à aboyer. Sandra a la frousse de sa vie : derrière elle, quelqu'un se racle la gorge !

Elle se retourne et se trouve nez à nez avec un homme au visage buriné, vêtu d'un pantalon blanc et d'un blouson bleu ciel. Il a une barbe frisée et porte une casquette de marin.

C'est le gardien de plage. Sandra l'a déjà vu plusieurs fois en se promenant l'après-midi au bord de la mer. La plupart des enfants ont peur de lui. Il est sévère et se comporte toujours comme si on était dans une ville balnéaire par obligation, et pas pour le plaisir ! Avec lui, le rivage se transforme en cour d'école. Il guette sans cesse si quelqu'un jette une canette ou des bouts de papier. S'il vous prend en flagrant délit, vous restez tout l'après-midi pour nettoyer la plage. Il a aussi attrapé les garçons qui ont tagué la figure de proue de la sirène avec des gros mots. Il leur a ordonné de rassembler leurs affaires et de déguerpir sur-le-champ.

À présent encore, il affiche son air des mauvais jours.

– Eh bien, pourquoi rôdes-tu par ici, jeune fille ?

– Je-je me promène avec mon chien, dit Sandra.

– Tu te promènes juste ou tu songeais à cambrioler l'un de ces bungalows ?

– Non, monsieur, vraiment pas, bredouille Sandra. J'étais sur la plage quand j'ai découvert ces traces étranges et je les ai suivies.

– Quelles traces étranges ?

– Celles-là, répond-elle en montrant les larges empreintes dans le sable.

Le gardien hausse les sourcils.

– Qu'est-ce qu'elles ont de si bizarre ?

– Elles partent de la mer, alors qu'il n'y en a pas qui viennent de la plage, explique Sandra. Je trouve ça bizarre, et Panda aussi parce qu'il est très nerveux.

Méfiant, l'homme ferme un œil.

– En plus, les empreintes zigzaguent, continue Sandra. Comme si elles avaient été laissées par un homme ivre ou par quelqu'un qui a du mal à marcher.

Le surveillant se penche et les observe avec attention. Il reste pantois.

– Tu as peut-être raison.

Son visage se crispe.

– Un homme ivre… Ce n'est pas exclu, en effet. Mais je ne veux pas d'ivrognes sur ma plage ! Ils ne causent que des ennuis.

Il se redresse et regarde alentour d'un air menaçant.

Tchac-tchac-tchac, font les cordes des drapeaux. Au même moment résonne un craquement sinistre. On dirait du bois qui se casse.

– Qu'est-ce que c'est ? murmure Sandra.

– Eh bien, voilà ! Les ennuis commencent ! bougonne le gardien. Le bruit vient de la figure de proue. Apparemment, cet ivrogne est en train de tout détruire. Mais je ne le laisserai pas faire !

Le gardien avance à grands pas en direction du bruit. Sandra court derrière lui. L'homme jure. Sandra a du mal à le suivre.

– Regarde ! s'écrie-t-il en tendant le bras.

Derrière les cabanes, ils voient le piquet en bois, mais la sirène a disparu. Au-dessus de leur tête, les mouettes crient et le ressac bat la côte. Ils arrivent près du pilier et l'examinent avec des yeux étonnés.

Le surveillant siffle entre ses dents. Le haut du poteau a volé en éclats, comme si une force sauvage avait arraché la figure de proue. La sculpture s'est volatilisée, mais au pied se trouve une masse gluante d'algues pourries. Panda la renifle, puis recule en gémissant.

– Du vandalisme, grommelle l'homme. Mais j'attraperai celui qui a fait ça !

– Les traces ! s'exclame Sandra. Elles vont en sens inverse !

Les empreintes de pas repartent du poteau et retournent par un autre chemin vers le bord de mer. Elles sont plus profondes.

Sandra et le gardien se hâtent vers la plage en passant entre les cabanons. Panda refuse de bouger.

– Là-bas ! crie Sandra.

Plus loin, un homme s'éloigne péniblement, courbé sous le poids de la figure de proue. Il se dirige droit vers la mer en titubant.

– Hé ! Vous là-bas ! hurle le surveillant en colère.

Ils courent sur le sable à la poursuite de l'homme, qui ne semble pas entendre leurs appels.

En s'approchant de lui, ils perçoivent sa respiration saccadée. Il a une drôle d'allure. Vêtu d'un long manteau usé dégoulinant d'eau, il porte des bottes noires en caoutchouc. Sous le bord de son chapeau couvert d'algues s'échappent de longs cheveux blancs tombant sur ses épaules comme des spaghettis.

– Arrêtez-vous ! ordonne le gardien.

Arrivé près de l'eau, le voleur s'immobilise, car le surveillant le saisit par l'épaule.

– Où comptiez-vous aller avec cette sculpture ? demande-t-il de sa grosse voix.

Hors d'haleine, Sandra s'arrête à côté de lui. Alors, l'étranger se retourne.

En découvrant son visage, Sandra se met à hurler. Ce n'est pas celui d'un être humain ! Sa peau verdâtre tendue sur le crâne est presque transparente. À la place du nez se trouve un trou béant. Autour des cavités oculaires et de la bouche, la peau est en décomposition. Les yeux sortis de leurs orbites pendouillent sur des joues rongées. Ils lancent un regard haineux à Sandra et au gardien. Les lèvres crevassées s'ouvrent lentement. De l'eau noire s'écoule entre les dents gâtées. La créature éructe d'une voix grinçante :

– Je m'appelle Mordegai ! Je récupère ce qui m'appartient !

Pendant plusieurs secondes, les trois protagonistes se font face, immobiles. La bouche sèche, Sandra se sent faible. Ses jambes flageolent. Le visage du surveillant s'est mué en un masque gris.

Lentement, très lentement, l'horrible bonhomme repart. Son œil gauche se détache et tombe dans le sable. Sans y prêter attention, il continue à cheminer en direction de la mer. Puis il entre dans l'eau. Les pans de son manteau flottent sur les vagues telles des ailes noires.

Immergé jusqu'à la taille, il se retourne une dernière fois, brandissant son poing squelettique. Peu après, il disparaît avec la sirène. Avalé par la mer, comme s'il n'avait jamais existé. Les mouettes piaillent dans le ciel. Sandra et le gardien restent bouche bée, figés comme des statues, incapables de bouger. À leurs pieds, un œil les fixe froidement.

Soudain, un aboiement rompt le silence. Panda arrive en courant, les dépasse et s'approche de l'œil.

Sandra réussit enfin à sortir de sa torpeur.

– Panda ! Ne touche pas !

Mais le chien mord le sable en grognant. Lorsqu'il lève la tête, l'œil a disparu !

– C'était quoi, ça ? C'était réel ? Je n'arrive pas à le croire ! dit Sandra.

Ils sont assis au sommet de la dune, où le vent joue avec leurs cheveux. Panda gambade joyeusement dans les hautes herbes. Le gardien mâche une brindille, les yeux dans le vague, fixant la mer au loin. Les mouettes forment des points blancs qui étincellent sous les rayons du soleil. Quelques estivants se promènent sur la plage.

– Je vais te raconter une vieille histoire, commence-t-il. Il y a deux siècles, une terrible tempête a fait rage ici. Le bateau le *Nomad* naviguait le long de la côte. Il faisait nuit noire et les vagues étaient gigantesques. Un violent orage a éclaté au-dessus de la station balnéaire, qui n'était alors qu'un simple village de pêcheurs. Des grêlons aussi gros que des œufs s'abattaient sur les toits des maisons. L'eau inondait les rues. Le *Nomad* envoyait des signaux de détresse, mais il n'y avait aucun moyen de le secourir. En un rien de temps, le navire a sombré. Quelques jours plus tard, on a retrouvé la figure de proue, une sirène, échouée sur la plage avec plusieurs morceaux de bois. Un vieux pêcheur l'a récupérée et l'a placée dans son jardin. Ensuite, elle a été exposée au musée de la pêche. Enfin, elle a été installée ici, sur la plage, comme attraction pour les touristes. En fait, les gens avaient oublié depuis longtemps d'où elle venait. Jadis, elle décorait la proue du *Nomad*, qui gît maintenant au fond de la mer près de la côte. Son capitaine s'appelait Mordegai. On sait peu de chose de lui, sauf que c'est lui qui a sculpté la sirène.

– Je n'en crois pas un mot, dit le père de Sandra.

Dans la maison de vacances, assis près de la lampe, une télécommande à la main, il zappe.

– Un truc aussi absurde ne peut pas être vrai. Les fantômes n'existent pas. Et c'est absolument impossible de manger l'œil d'un esprit.

Il caresse Panda et s'arrête sur le programme qui propose des images du Tour de France.

Il fait nuit. Sandra a déjà raconté l'histoire trois fois. Couché au pied du fauteuil de papa, la tête sur les pattes, Panda semble ne pas perdre une miette de la conversation. Il est particulièrement calme et n'a pas bougé de la soirée. La mère de Sandra n'est pas encore arrivée. Ils l'attendent dans la soirée.

– Je ne mens pas ! se défend Sandra, rouge de colère. Tu me crois capable d'inventer une histoire pareille ?

Son père ne réagit pas immédiatement. À la télévision, son coureur cycliste préféré passe la ligne d'arrivée en premier.

– Hourra ! s'exclame-t-il avant de changer de chaîne. Je ne dis pas que tu mens, Sandra. Mais tu l'as peut-être rêvé. Ce matin, tu t'es sans doute endormie sur la plage.

Sandra soupire. Personne ne la croira. Seul Panda sait que c'est vrai, mais lui, il ne peut pas parler.

– Va vite te coucher, ma chérie. Demain, tu…

Il ne finit pas sa phrase, mais prend une profonde inspiration en levant le nez.

– Qu'est-ce que c'est ? Tu sens aussi ?

Sandra acquiesce d'un signe de tête. Une odeur nauséabonde d'algues pourries se répand.

– Je vais fermer la fenêtre. Le vent vient de la mer. C'est lui qui apporte cette puanteur, dit-il.

Mais celle-ci ne disparaît pas. Au contraire, elle s'intensifie et gagne toute la pièce. Sandra a envie de vomir. Papa aussi devient tout pâle. Seul Panda ne semble pas gêné et reste tranquillement couché au pied de la lampe.

Tout à coup, il s'étire et bâille, la gueule grande ouverte.

Sandra pousse un cri horrifié en montrant son chien du doigt. Mais papa l'a déjà vu. Il blêmit davantage. Dans la bouche de Panda, un œil les observe.

C'est celui du capitaine Mordegai ! Il bouge de gauche à droite, passant de Sandra à son père. Puis Panda a un haut-le-cœur et crache l'œil sur le tapis.

Papa sursaute. Au même moment, on frappe violemment à la porte.

– C'est… c'est sûrement maman, balbutie-t-il, sans quitter l'œil du regard.

Sandra le contourne et attire Panda vers elle. On frappe de nouveau.

Papa saisit la poignée. Par-dessus son épaule, il guette toujours l'œil. Puis il ouvre vite la porte.

– Bonjour, ma chérie, dit-il. On a ici…

Il fait un bond en arrière en hurlant. Dans l'entrebâillement se tient le capitaine Mordegai, trempé et couvert d'algues. Il fixe papa de son œil unique.

– Je m'appelle Mordegai et je viens récupérer ce qui m'appartient.

Panda gémit. Il se cache derrière Sandra. Papa est pétrifié. Le capitaine Mordegai le bouscule et entre dans la maison. L'eau déborde de ses bottes et inonde le sol. Il avance directement vers le tapis, se penche et ramasse son œil, qu'il replace dans son orbite. Une grimace apparaît sur son visage. Il sort en claquant la porte.

Papa n'a toujours pas bougé. Livide, il regarde sa fille.

– C'était, c'était…

Sandra acquiesce :

– Oui, papa, c'était ça, mon « rêve ».

Et elle serre Panda dans ses bras.

10

Alex regarde son reflet dans la vitre en soupirant. Ce n'est même plus la peine qu'il songe à se baigner dans la mer l'été prochain. L'image du capitaine Mordegai avec son œil arraché ne cesserait de le hanter. Apparemment, il n'est pas le seul à se faire cette réflexion, car la plupart de ses camarades affichent un visage fermé.

M. Maurice rompt le silence.

– C'est tout, je crois. Nous avons entendu toutes les histoires des objets exposés sur la table. C'était très instructif, monsieur Onnoval. Vraiment intéressant. Le but de cette sortie à bord du bus de l'horreur ? Passer une soirée à frissonner ! Mission accomplie. Vous avez réussi à nous donner une peur bleue ! En tout cas, c'est le cas pour moi.

Le professeur consulte sa montre.

– Il est dix heures moins le quart. Il est temps de retourner à l'école. Pour vous remercier, nous allons vous offrir un magnifique bouquet de fleurs.

– Non ! assène l’auteur d’une voix forte qui fait sursauter tous les élèves. Non, non et non ! Je ne vous laisse pas partir !

Onnoval se redresse, les mains sur les hanches.

M. Maurice reste pantois.

– C’est quoi, ça ? chuchote Annabel, blême.

Lise ne bouge pas. Derrière ses longs cheveux, elle épie l’écrivain en serrant son sac à main contre son ventre.

Un large sourire se dessine sur le visage d’Onnoval, laissant apparaître ses dents.

– Je ne vous laisserai pas partir avant de vous avoir lu la dernière histoire, annonce-t-il.

Sa voix est de nouveau douce et agréable. À peine un peu éraillée, à force de lire à haute voix.

– Les objets sont épuisés, c’est vrai. Vous avez écouté neuf récits, mais mon livre en contient encore un. La dixième histoire, c’est la mienne.

– Il a raison. Il a dit qu’il nous en raconterait dix, dit Alex à Michel.

M. Maurice s’assoit sur la table.

– Une de plus ? Pourquoi pas ? Surtout si elle parle de vous. Les enfants aiment bien en savoir davantage sur la vie d’un écrivain, n’est-ce pas ?

Plusieurs élèves acquiescent d’un même mouvement de menton.

– Pourvu que ça ne dure pas trop longtemps, lance Pierre. J’ai vraiment envie d’aller aux toilettes.

– Je serai bref, dit Onnoval en saisissant son livre.

– Attention, les gars. Bientôt, on va savoir s'il transpire des pieds ou s'il a des puces. Il n'arrête pas de se gratter. Son histoire concerne peut-être une horrible maladie de peau, chuchote Michel.

L'écrivain se gratte les oreilles et le bas du dos. Puis il ouvre son livre.

– Cette histoire parle de moi. De quelque chose que j'ai vécu lorsque j'avais votre âge. L'évènement s'est déroulé un soir de pleine lune.

Il regarde par la fenêtre.

– Comme maintenant. Et je clôture chaque voyage à bord du bus de l'horreur en lisant l'histoire de l'auteur. Comme ça, vous comprendrez pourquoi j'écris des histoires à faire se dresser les cheveux sur la tête.

Betty éternue de nouveau. Il semblerait que son allergie se soit aggravée au cours de la soirée.

L'histoire de l'auteur

Il y a longtemps, lorsque j'étais encore adolescent, j'allais souvent chez mon ami Jack. Chez lui, on ne s'ennuyait jamais. Il adorait les histoires et les films d'horreur. Sa chambre regorgeait de figurines de Frankenstein et de Dracula, de toutes sortes de dinosaures et autres créatures. Pendant des heures, il me racontait avec passion les récits effrayants qu'il venait de lire dans l'espoir de me flanquer la chair de poule.

Un soir d'hiver, je me suis rendu chez lui. La neige tombait à gros flocons et le vent soufflait fort. Allongé sur son lit, il parcourait le journal.

– Écoute-moi ça, a-t-il dit en brandissant un doigt, sans lever la tête. Une vieille femme assassinée dans sa maison. On ne connaît pas les coupables. Pas de trace de cambriolage. La police se trouve devant une énigme.

Il m'a regardé.

– C'est sûrement le travail d'un vampire, tu ne crois pas ? En voilà une autre : Un paysan, monsieur

B. demeurant à W., découvert mort dans son étable. Cinq vaches atrocement mutilées et tuées. La police n'a aucune idée du motif.

Il a replié le journal bruyamment.

– Je sais ce que la police ne sait pas. Ce paysan était forcément un loup-garou, et c'est lui qui a égorgé ses bêtes. Mais ces fonctionnaires de police sont sûrement trop terre à terre.

Jack avait la mauvaise habitude de relier chaque fait divers un peu étrange à sa passion : l'horreur. Un jour, il m'a confié vouloir devenir un auteur d'histoires macabres.

– Un loup-garou ? ai-je gloussé. Mais alors il serait un animal !

Jack s'est redressé, indigné.

– Tu es vraiment ignorant ! s'est-il exclamé, visiblement content d'avoir l'occasion de me parler davantage d'un de ses sujets de prédilection. Un loup-garou, pauvre andouille, n'est pas un vrai loup, mais un homme qui, à chaque pleine lune, se transforme en loup parce qu'il souffre de lycanthropie : la maladie du loup-garou. Dès que le jour se lève, il redevient homme.

– Si c'est une maladie, il vaudrait mieux qu'il aille voir un médecin, non ? Des aspirines l'aideraient peut-être.

Jack a levé les bras au ciel de désespoir.

– Des aspirines ! Monsieur veut combattre un loup-garou à coups d'aspirine ! Impossible ! La seule chose qui peut l'arrêter, c'est une balle de fusil en argent ou un couteau dont la lame est en argent.

Il a lancé ses jambes par-dessus le lit et s'est posté à côté de moi.

– Viens. On va faire une balade nocturne.

– Maintenant ? Mais il neige !

– Justement. Rien de plus agréable que de se promener dans les rues enneigées et silencieuses pour se mettre dans l'ambiance d'une excellente histoire d'horreur. J'aimerais encore en lire une avant de me coucher.

Les rues étaient désertes. Nous longions les maisons. Nos bottes laissaient des empreintes noires sur le trottoir enneigé. Une nuit glaciale. La pleine lune éclairait les toits blancs. Des milliers d'étoiles brillaient dans le ciel. Heureusement, la neige avait cessé de tomber.

– Regarde, a dit Jack. C'est la pleine lune. On parie que, les prochains jours, il y aura de nouveaux faits divers inexplicables dans les journaux ?

Quand il parlait, de grandes volutes blanches sortaient de sa bouche.

– Allez, arrête. Je finirais presque par croire ce que tu racontes.

Derrière plusieurs fenêtres les lumières s'éteignaient déjà. Les gens se couchaient sans se soucier des loups-garous.

– Ah ah, tu commences à avoir peur, pas vrai ? a ricané Jack. Alors que tu dis toujours que tu ne crois pas à toutes ces « bêtises » que je lis !

– C’est ça. Je n’y crois pas du tout, ai-je répliqué en fourrant les mains plus profondément dans mes poches.

Mais Jack ne savait pas s’arrêter.

– Ne t’inquiète pas. J’ai toujours un couteau en argent sur moi, a-t-il affirmé en me montrant un exemplaire magnifique qu’il avait caché dans la poche intérieure de son manteau. Volé dans le tiroir à couverts de ma mère !

Décidément, il ne laissait rien au hasard !

Au coin d’une rue, le vent nous a projeté une gerbe de poudreuse au visage, et soudain nous nous sommes trouvés nez à nez avec un gros chien, la patte levée contre un réverbère. Quand il nous a vus, il a commencé à grogner en retroussant ses babines, découvrant ses crocs. J’ai sauté en l’air.

– Il ne faut pas avoir peur ! Ce n’est qu’un simple berger ! s’est exclamé Jack.

L’animal a émis un nouveau grognement.

– Flair ! Rentre ! a crié quelqu’un.

Un peu plus loin, un homme en robe de chambre se tenait près du portillon de son jardinet.

– Au pied, Flair !

Le chien a aboyé une dernière fois, puis il a gémi doucement avant de faire demi-tour pour retrouver son maître.

Ma réaction effrayée à la vue de la bête faisait visiblement plaisir à Jack. En continuant notre chemin, il a salué joyeusement le propriétaire de l’animal.

– Je suis désolé si Flair vous a fait peur, s'est-il excusé. D'habitude, il ne grogne jamais. Je ne sais pas ce qui lui a pris.

– Ça doit être la pleine lune, a dit Jack. Mon ami a eu la trouille de sa vie. Il a cru voir un loup-garou, ha ha ha.

L'homme est rentré chez lui en haussant les épaules. Jack était vraiment incorrigible. Pourquoi m'avoir ridiculisé devant cet homme ? J'étais furieux. Il recommençait à neiger à gros flocons.

– C'est quand même bizarre, a repris Jack. Dans les livres, on explique que les chiens ont comme un sixième sens pour repérer des loups-garous. Mmm, pleine lune, rues enneigées, chiens agités, quelle ambiance !

Il se sentait parfaitement dans son élément.

– Tu es tout pâle ! a-t-il remarqué.

– J'en ai assez, je rentre chez moi.

– Allez, arrête. C'était juste une blague. Regarde comme la rue est belle avec toute cette neige ! On dirait une carte postale de Noël, avec, ici et là, des petites lumières aux fenêtres. Un temps magnifique pour aller faire un tour du côté de la ligne de chemin de fer désertique.

– Ne compte pas sur moi, ai-je dit en essayant de contenir ma colère. J'ai froid. Salut.

Puis j'ai fait demi-tour.

– Tant pis, j'irai seul ! a-t-il lancé.

J'ai regardé sa silhouette disparaître derrière un lourd rideau de flocons.

Le lendemain, vers midi, le téléphone a sonné. Le temps était au beau fixe et, sous le soleil, la neige brillait de tous ses feux dans le jardin devant notre maison. J'ai rajusté le bandage autour de mon pied, puis, en boitillant, je suis allé décrocher.

– Salut, Onnoval, c'est Jack.

Sa voix était inhabituelle. Il tremblait un peu.

– Qu'est-ce qu'il y a ?

– Il faut que je te raconte un truc de dingue ! Je n'arrive toujours pas à y croire. Ça s'est passé hier soir.

Il était tellement agité qu'il avait du mal à s'exprimer.

– Eh bien… hier soir, après ton départ, je suis allé me promener seul le long des rails. Super ambiance. Le canal d'à côté était entièrement gelé. Les deux saules ressemblaient à des gardiens silencieux. Aucune maison aux alentours. Il neigeait toujours beaucoup. Tout semblait désert. Alors, quand j'ai entendu un grognement derrière moi, j'ai eu une de ces trouilles !

– Tiens, tiens…

– Mais non. Écoute-moi.

Sa voix trahissait une certaine irritation.

– Il y avait réellement quelque chose. Les flocons étaient si épais, que je ne voyais presque rien. Mais j'ai entendu grogner de nouveau. Alors, j'ai pensé que c'était Flair qui était ressorti. Mais soudain je vois une créature ramper vers moi. Et, tout à coup, il est là, devant moi, en chair et en os !

– Qui ça ? Flair ?

– Mais non, andouille. Un loup-garou ! Un véritable loup-garou !

Sa voix tremblait encore plus.

– Ça va, Jack. Il faut savoir s'arrêter.

– Je te jure, Onnoval. Il était énorme ! Noir comme la nuit, avec une grosse tête et des crocs étincelants. Il avait les yeux jaunes. Il a rejeté sa tête en arrière. Si tu avais entendu ses hurlements… Horrible ! Au loin, en ville, des chiens ont commencé à gémir et à aboyer. J'ai cru que j'allais me faire pipi dessus.

– Bon, maintenant ça suffit, Jack !

– Mais, non, écoute la suite. La bête m'a regardé avec ses yeux jaunes… puis elle s'est approchée doucement, son pelage noir couvert de neige. J'ai reculé, mais elle s'avançait de plus en plus. J'étais mort de peur. J'ai pensé que ma dernière heure avait sonné et que je serais l'objet du prochain article dans le journal. Puis j'ai senti le couteau de ma mère dans ma poche. Juste à ce moment-là, le loup-garou m'a sauté dessus. J'ai trébuché et je suis tombé sur le dos. Ça m'a sauvé ! J'ai brandi le couteau au-dessus de ma tête. L'animal a fait un vol plané, mais, par chance, j'ai réussi à toucher sa patte arrière. Le loup-garou a atterri dans la neige et s'est éloigné en boitant. Avant que j'aie pu dire ouf, il avait disparu derrière le chemin de fer. Mais, sur la neige, il y avait des traces de sang. Au loin, les chiens aboyaient toujours. Quand je me suis aperçu que mes fesses étaient presque gelées, je me suis levé et j'ai couru jusqu'à la maison sans m'arrêter.

– Chouette histoire, Jack. Mais tu ne me fais plus peur avec tes contes à dormir debout.

– Ça s'est vraiment passé comme ça ! Tu n'as qu'à venir voir. Je n'ai pas lavé le couteau, exprès. Il y a encore du sang séché dessus et même quelques poils noirs !

– Non, laisse tomber. D'ailleurs, je ne peux pas sortir aujourd'hui.

– Ah bon, pourquoi ?

– J'ai... je me suis cogné le pied et maintenant j'ai du mal à marcher. Mon pied est bandé.

– Ça alors ! a dit Jack avec une drôle d'intonation dans la voix.

Cela s'est passé il y a longtemps. Depuis, nous nous sommes perdus de vue. On aurait dit que Jack m'évitait. Il n'a plus jamais demandé si je voulais venir chez lui pour écouter ses récits fantastiques. Je pense que, parfois, il en va ainsi des amitiés.

À présent, je vous ai raconté assez d'histoires. D'autres affaires plus urgentes m'appellent, car...

11

Alex comprend trop tard la signification de l'histoire. La suite des évènements est si invraisemblable qu'il a l'impression de rêver, à cause d'une surdose de récits d'horreur. Les autres élèves ont le même ressenti. Ébahis, ils regardent ce qui se passe près de la table. L'auteur a sauté de sa place. Ses habits se déchirent en lambeaux. Il est couvert de poils épais et ses mains se sont transformées en griffes.

Alex n'en croit pas ses yeux. *Je fais un cauchemar*, pense-t-il. *Il faut que je me réveille !* Stupéfait, il observe la tête d'Onnoval, devenue celle d'un loup aux yeux jaunes. À son oreille gauche, toute pointue, brille un anneau en or.

Les chaussures de l'écrivain éclatent, révélant des orteils poilus et griffus. Son manteau est tombé. Il ne porte plus que son collier de dents autour du cou.

Assis sur la table, M. Maurice n'a pas bougé d'un pouce. Lui non plus ne semble pas comprendre ce qui se passe.

Juliette est la première à réagir.

– Un loup-garou ! Onnoval est un loup-garou ! s'écrie-t-elle.

C'est la panique.

Une pensée étrange fuse dans la tête d'Alex : *C'est pour ça qu'il se grattait sans cesse ! Tous ces poils qui poussaient, ça devait le démanger terriblement. Pas étonnant si Betty éternuait sans arrêt. Les poils d'un loup-garou sont pires que ceux des chiens ou des chats !*

Tout à coup, Alex fait aussi le lien avec la dernière histoire. Le loup-garou a reçu un coup de couteau dans la patte arrière et l'auteur boite...

Les élèves crient tous en même temps. L'animal déchire le livre et lance les morceaux dans le bus. Les pages virevoltent comme les feuilles en automne. Il lève la tête et pousse un hurlement effroyable.

M. Maurice saute de la table. Juste à temps. D'un coup de griffe, le loup-garou la brise en mille morceaux. Des éclats de bois volent dans tous les sens. La patte de la bête atteint le professeur, qui est éjecté à trois mètres sur les genoux de Pierre et Jacob. Tout le monde se rue vers la sortie. Dans l'allée centrale, Juliette et Joris se télescopent violemment. Ruud et Emmanuel luttent à qui sortira le premier.

– Michel, lève-toi, souffle Alex. Il faut se sauver avant qu'il nous dévore.

Michel ne répond pas. Il est blanc comme un linge et ne bouge pas. Alex le tire de son siège. Impossible de traverser l'allée. Tous se bousculent. Les bras et les jambes s'emmêlent. C'est le chaos.

Le loup-garou fixe les élèves de ses yeux incandescents. Il passe la langue sur ses dents acérées. À présent, ce n'est plus l'heure de lire des histoires. Il a envie d'autres sensations !

Presque tous les sièges sont vides. Allongé sur le sol, M. Maurice gémit : au moins cinq élèves sont tombés sur lui. Le monstre affiche un grand sourire. Ce sera un jeu d'enfant, comme d'habitude.

Le bus de l'horreur file dans l'obscurité. Tados, le chauffeur, ne se retourne même pas ! Comme s'il ne se passait rien derrière lui !

Lise, restée tranquillement assise, se lève enfin. Elle est si petite qu'elle dépasse à peine le dossier du siège. Dans un premier temps, le loup-garou ne la remarque pas. Qui sera dévoré en premier ? Il a tout son temps, car personne ne peut lui échapper. Il cherche sa victime. Il décide de s'attaquer d'abord à Annabel. Elle a l'air bien potelée. En voyant les yeux luisants du loup, elle se met à hurler.

Soudain, du coin de l'œil, le loup-garou aperçoit Lise. Surpris, il se tourne vers elle. Lise le fixe du regard. Ses mains fouillent dans son sac à main et sortent un petit pistolet rouge fluo. L'animal pousse un cri de surprise. Jusqu'à présent, jamais personne…

Sans le quitter des yeux, Lise introduit une balle brillante dans l'arme à feu. Paniqués, ses camarades rampent toujours sur le sol. Le désordre est total.

Mais le loup-garou ne s'intéresse plus à eux. Comme s'il n'y avait plus que Lise et lui. La fillette aux longs cheveux blonds tient le pistolet à bout de bras. Elle ferme un œil, tire la langue et le vise. Il émet un sinistre grognement en fronçant la truffe. Puis il bondit par-dessus les sièges. Au même moment, Lise tire. Une détonation sèche retentit dans le bus. La bête s'écrase en plein vol.

– Il m'a attrapé ! Il m'a attrapé ! s'écrie Jacob.

Mais le corps inanimé du loup-garou est avachi sur le dossier d'un siège vide. L'animal ne bouge plus. Au-dessus de ses yeux se trouve un petit trou d'où s'écoule du sang.

Lise range son pistolet dans son sac et se rassoit. Au bout d'un moment, les enfants réalisent que le monstre est mort. Alors, ils se relèvent, un peu abasourdis. Emplis de dégoût, ils regardent le corps inerte.

– Qu'est-ce qui s'est passé ? Qui l'a tué ? demande M. Maurice.

Dans la cohue, sa chemise s'est déchirée et les verres de ses lunettes se sont cassés.

– C'est Lise, dit Annabel. C'est elle qui l'a abattu.

Tout le monde regarde Lise avec admiration, comme si elle était Madonna en personne.

– Lise ? demande le professeur, étonné. Avais-tu un pistolet avec une balle en argent sur toi ? On ne peut éliminer un loup-garou que de cette façon !

– Lise a tout dans son sac à main, répond fièrement Annabel. Vraiment tout !

Lise hausse les épaules.

– Juste quelques trucs qui peuvent servir. Il faut que je sois prête à toute éventualité. Je suis souvent seule à la maison, vous comprenez, explique-t-elle.

Instantanément, Lise est devenue une héroïne. Tous ses camarades de classe l'observent avec émerveillement, comme s'ils la voyaient pour la première fois.

M. Maurice ramasse le manteau avec les petits os et recouvre le corps du loup-garou. Puis il scrute le visage de ses élèves : tous ont l'air soulagés. Sauf Pierre, qui semble mal à l'aise.

– Que se passe-t-il, Pierre ? demande le professeur. Es-tu toujours pressé d'aller aux toilettes ?

– Non, monsieur. Ce… ce n'est plus la peine. C'est déjà trop tard.

Il devient rouge de honte.

M. Maurice pose sa main sur l'épaule de Pierre.

– Ce n'est pas grave, mon garçon. Je pense que tu n'es pas le seul. Je suis content de ne rien avoir bu ce soir. Sinon je suis sûr que j'aurais eu le même problème.

Cette fois, plus personne ne rigole.

– Monsieur ! Le bus roule toujours ! s'écrie Rudy. Où le chauffeur nous emmène-t-il ?

Le professeur se tourne vers le chauffeur.

– Hé, Tados. Arrêtez ce car. Faites demi-tour et ramenez-nous immédiatement au collège.

Tados continue sans lui prêter attention.

– Bon sang, cet homme est sourd ou quoi ? Il ne s'est même pas rendu compte de ce qui vient de se passer, dit M. Maurice.

Fâché, il avance dans l'allée. Soudain, le bus change de direction. Tout le monde bascule de côté. Le car tangue et zigzague avant de s'arrêter brutalement. Alex gémit. Sa tête a cogné contre la vitre. Un peu sonné, il regarde dehors. Le bus a fait une sortie de route et s'est immobilisé dans le fossé. Il a enfoncé la barrière d'un champ. La pleine lune brille, tel un ballon blanc.

– Personne n'est blessé ? demande M. Maurice.

À part quelques bosses et égratignures, tous sont indemnes. Le professeur se dirige vers le chauffeur et l'attrape par l'épaule. Tranquillement assis au volant, Tados ne bouge pas.

– Dites donc, Tados, c'est quoi, cette conduite irresponsable ? assène-t-il. On a déjà eu assez de malheurs ce soir.

Hors de lui, il secoue violemment Tados, qui s'écroule. Sa casquette roule par terre. Une tête de mort jaunie aux orbites vides fait face à M. Maurice. Les bras qui sortent de son manteau ne sont que des os. Le professeur sursaute en poussant un hurlement, mais le squelette reste immobile.

– Un masque de carnaval ! C'est ça, hein ? dit Alex à Michel. Maintenant, je comprends pourquoi la boîte d'Onnoval était vide !

Michel a toujours les yeux dans le vague. Il lui faudra sans doute plusieurs jours pour s'en remettre.

– Allez, les enfants, on sort, et vite ! dit M. Maurice. Cette fois, notre tour dans le bus de l'horreur est vraiment terminé. Il faudra marcher longtemps pour rentrer à la maison, mais, au moins, la pluie a cessé.

Il n'a pas besoin de le répéter. Personne n'a envie de s'attarder. Rapidement, les élèves du collège La Tulipe descendent du car. Peu après, ils avancent main dans la main, au bord de la route, sous l'œil de la pleine lune. Le bus de l'horreur reste dans le fossé, avec à son bord un loup-garou mort, un squelette et neuf objets qui ont tous livré leur histoire. Personne ne se retourne. Personne n'a envie de parler. Seul Michel a tout à coup retrouvé sa voix.

– Ridicule, dit-il. De pures inventions. Les écrivains mentent toujours.

Il ne cesse de répéter ces mots durant le chemin du retour. Même lorsqu'ils arrivent devant l'école où, inquiets, les parents attendent leurs enfants.

– Les écrivains mentent toujours !

Le mot de l'auteur

Chère frissonneuse, cher frissonneur,

J'espère que tu as bien frissonné en lisant ce livre. Personnellement, j'ai pris grand plaisir à l'écrire.

Je travaille toujours la nuit, quand tout le monde dort. Je dois t'avouer que j'ai eu parfois de drôles de pensées en écrivant *Le bus de l'horreur*. Par exemple, que la main glaciale d'un squelette m'attrapait soudain la nuque. Ou que, un soir de pleine lune, le visage de Mordegai surgissait devant ma fenêtre pour m'observer. Jusqu'à ce que je me rende compte que c'était moi qui inventais ces histoires. Et que tout était donc le fruit de mon imagination. De plus, les écrivains mentent toujours, d'après Michel, donc il ne peut rien m'arriver !

Et à toi non plus !

Frissonnantes salutations,
Paul van Loon

Table des matières

Découvre d'autres histoires à faire peur dans

LE BUS DE L'HORREUR

2

– Tu crois que c'est une bonne idée ? On risque d'avoir des chiens à nos trousses ! s'exclame André en pointant le doigt vers la pancarte fixée à la grille du portail :

CASSE AUTO R.I.P. ROUILLE EN PAIX
Ouvert de 9 h à 17 h
Les visiteurs doivent se présenter à l'accueil
Accès interdit aux enfants non accompagnés
En dehors des heures d'ouverture,
ce terrain est surveillé par des chiens

Eddy crache par terre.

– T'inquiète, mon pote, ce panneau ne veut rien dire. Hassan et moi, on est déjà venus souvent ici après la fermeture. On n'a jamais vu de chien. Pas vrai, Hassan ?

– Quoi ?

Hassan enlève les écouteurs de son MP3 qui diffuse de la musique rock : *Knockin' on Heaven's Door* des Guns N'Roses.

– Il n'y a pas de chiens, ici, résume Eddy en montrant le grillage.

Hassan acquiesce d'un signe de tête et appuie sur le bouton d'arrêt. Il remonte la visière de sa casquette Chicago Bulls.

– Que du bluff. Il n'y a personne. Pas un chat. Pas de chien non plus d'ailleurs, remarque-t-il en affichant un large sourire. Tout au plus, un macchabée quelque part dans une voiture. Un accidenté de la route qu'ils ont oublié.

– Tant pis pour lui. Il se trouve dans le mauvais cimetière, dit Eddy en riant. T'as quand même pas peur des cadavres, André ? Ils ne te feront rien. Ils sont juste tout blancs et rigides, et…

– Allez, Eddy. Vous comptez rester bavarder là longtemps ou on se décide enfin à entrer ? lance Anke en lui donnant un coup de coude. Tiens, aide-moi, Hassan.

Il s'adosse au portail.

– Vas-y !

Anke pose son pied sur les mains de Hassan et escalade le grillage.

Admiratif, André la regarde monter avec la souplesse d'un chat avant de se laisser tomber doucement de l'autre côté.

– Trop facile, les gars. C'est votre tour, maintenant.

André soupire. Anke n'a jamais froid aux yeux : elle saute du grand plongeoir, roule à toute vitesse sur son scooter en ville et sèche les cours. Elle excelle aussi au foot. Anke a toujours des bleus partout. Aucune fille ne lui ressemble. *Et, en plus, elle est intelligente,* se dit André. *Si seulement elle voulait...*

– Hé, André, arrête de reluquer Anke. Tu viens ou t'as la trouille ? ricane Eddy en le poussant dans le dos.

Hassan est déjà de l'autre côté avec Anke alors qu'Eddy grimpe jusqu'en haut avec l'agilité d'un singe.

Bon, allons-y, pense André. Il lance son sac à dos par-dessus la clôture et se hisse sur le treillis.

Composition et mise en pages
Nord Compo à Villeneuve-d'Ascq